花開小路一丁目的刑警

小路幸也——著
吳季倫——譯

花開小路一丁目的刑警　目次

序幕

四月二十八日。

晚間九點十八分。

一遇到比較特殊的情況就會看錶確認時刻是當上警察以後養成的習慣。必須感謝學長訓練我必須維持這個習慣，現在幾乎成了反射動作。

這裡是花開小路一丁目北側西面的拐角處。

在一丁目的老店之中，店齡居次的赤坂食堂。

絕大多數的店鋪都裝了鐵捲門，唯獨這一戶還是木造的擋雨門，門板上的「赤坂食堂」幾個大字還是爺爺拿大毛筆蘸白油漆揮毫而成的，字體豪邁一如往昔，和我小時候看到的同樣清晰。應該是爺爺每隔一段時間就重寫一次，才能維持這般簇新。

不過，到現在還用擋雨門似乎不太安全，是不是該建議他們換成防盜效果較佳的鐵捲門呢？改裝鐵捲門不曉得要花多少錢。我查一查再傳簡訊給爸媽，請他們幫忙贊助一些。

打烊後闔上擋雨門的店門前坐著一名正在彈吉他唱歌的年輕小姐。

聽眾只有剛到這裡的我一個而已。喔，不對，應該說在她面前聽歌的人只有我，不過遠一點的地方還有四、五個聽眾。

我心想，這溫柔的聲音真好聽。

充滿磁性的嗓音，如訴說般的歌聲。這首歌的主旋律美極了，歌詞也很有意境，雲淡風輕地敘述著一個女孩的日常生活。

她有張鵝蛋臉，髮長及肩。一頭烏黑的直髮應該是天生的髮色。

那雙黑白分明的眼睛令人印象深刻。

服裝是刷破牛仔褲搭皺褶加工的白襯衫。

腳上穿的是紅色的耐吉運動鞋。

從坐姿看不出確切的身高，估計應該有一百六十公分。

體型過瘦。以三指撥弦法彈奏吉他的手指相當纖細。

不過，手掌倒是相當大，指甲的形狀也很好看。

年紀大約二十出頭，頂多二十五左右。相當成熟，不像是高中生。

哎，糟糕，我又犯了老毛病！身為警察，總是不自覺地觀察細節，掌握對方的特徵，並且輸入大腦的記憶庫，以後再遇到這個小姐就會馬上想起來了。雖然她妝容完整，但這雙令人印象深刻的眼睛，以及稜角分明的脣形，我有把握日後仍能一眼認出她來。

她唱完歌，撥了最後一個音符。

等到餘音已盡，她才輕輕鞠了躬。我力道合宜地鼓了掌。掌聲迴盪在這條冷冷清清的拱廊裡。

她那雙偌大的美麗眼眸發現了我，給了一個燦爛的微笑。這個笑靨改變了她給人的印象，頓時從一名嚴謹的歌手變成一個親切的鄰家女孩。

「好美的歌聲！」

這不是場面話，而是真心話。

「謝謝你。」

嗯，講話的聲音和唱歌的嗓音相同。

「妳固定在這裡表演嗎？」

她輕輕點了頭。

「還要唱一陣子嗎？」

她望著我，黑眼珠隱約透著一抹其他的色彩。

「我已經徵得店家的同意了。」

啊，糟糕，我的口氣像在盤查似的。職業病又犯了。

「抱歉，我不是故意問東問西，也沒有找碴的意思。」

既然徵得同意了，表示是認識的人。我抬起手，指向店裡。

「只是希望在爺爺奶奶還沒睡著之前，進到屋裡而已。」

中學畢業後，闊別多年的歸鄉。

用歸鄉這個字眼或許有些誇張。她轉頭看了一眼店門，再把目光移回我的臉上，又一次綻放笑靨。

「這麼說，你就是他們的孫子小淳嘍？」

她的話沒有錯，我只是非常訝異居然會被一個素未謀面、年紀又比我小的街頭藝人，當面喚我「小淳」。

「我回來了。」

我邊喊邊進門，正在看電視轉播棒球賽的爺爺抬頭看了我一眼，隨口唔了一聲並且稍微點頭，視線又回到電視螢幕上了。爺爺還是老樣子，不苟言笑，惜字如金。相反地，奶奶一見我進門，隨即滿面笑容地從榻榻米起身歡迎，「小淳，總算盼到你回來嘍！」從奶奶俐落的起身動作可以看出她老人家還相當硬朗，令人慶幸。

「送來的行李都擺在二樓了。你讓我別忙，就這麼擱著沒整理了。」

「嗯，謝謝。」

客廳中央擺了張方形矮桌，牆邊有兩座老舊的矮櫃，上面掛著一幅「**風林火山**」的四字橫額。所有的擺設都和我住在這裡的時候一模一樣。噢，電視機已經不是以前那台了，室內電話機也換了一架新的。

剛才一進門就覺得屋子變得好小，應該是我長大了吧。搬離這裡的時候我的身高是一六五公分，二十七歲的今天已經長到一八九公分了。老實說，長那麼高也沒多大好處。

「洗澡水已經放好嘍！」

奶奶笑咪咪地說道。

「嗯，等下去洗。」

「小淳。」

「什麼事？」

爺爺點著菸說道：

「以後每天晚上回來的時間都不固定吧？」

「是啊。」

恰巧是球賽轉播的廣告時間，爺爺這才看著我講話。雖是滿頭銀髮，但髮量依然豐沛如昔。

「三更半夜回來又是開擋雨門又是開拉門的，吵得人沒法好好睡。後門修好了，從那邊進屋吧。」

「哦？那扇『不可開啟之門』終於重見天日嘍？」

爺爺的嘴角隱約提了提。雖然很不明顯，但的確笑了。

「那邊還是一樣雜草叢生，自己想辦法清乾淨。」

「好。」

奶奶也笑著點頭，將擱在矮桌上的鑰匙輕推向我。鑰匙圈上有一尊不倒翁的吊飾。

雖有好多話想和爺爺奶奶聊，反正來日方長，不急於一時。我從店裡拿了一瓶啤酒，帶上開瓶器和兩只玻璃杯，來到門外。剛才進屋後還沒闔上擋雨門，順便向被我打斷演出的小姐表達歉意。

我從玻璃門裡探了探屋外的狀況，聽眾比剛才多了些，差不多有十個人。她站起來鞠躬，把吉他收進吉他盒裡。看來表演剛剛結束，我時間抓得正好。

推門而出的聲響引得她回頭查看。我舉了舉啤酒瓶和玻璃杯，以眼神問她要不要來一杯？她笑了。看樣子，酒量應該不錯。

我伸腿挪開了堆在店門前的啤酒箱，充作椅子坐下，遞給她一只玻璃杯，斟了啤酒。兩人在這條空蕩蕩的花開小路裡輕輕舉杯，互敬對方。

「聽說你是刑警？」
我苦笑著點頭。
「剛當上不久。」
「梅奶奶說，你之前的單位是其他小鎮的警察服務站，升上刑警之後調回這裡任職。」
是的。我明天要向這裡的警察局偵查隊報到，正式執行勤務。
「奶奶很感謝妳晚餐常來店裡光顧。」
「不客氣。」小姐噗嗤一聲笑了。「讓人聽了還以為我不會做飯，好丟臉。」
「妳不會做飯嗎？」
「會呀！不常做就是了。」
她嘟起嘴巴，扮了個鬼臉。奶奶也說了，這位小姐就住在食堂後面那棟老舊的公寓立花莊。住在那裡的人差不多都是店裡的常客，從以前到現在都是這樣的。
「梅奶奶很高興孫子能搬回來一起住喔！」
「嗯。」
我其實也可以在外頭租房子，只是放心不下上了年紀依然開店做生意的爺爺奶奶。
「家父家母都希望我能住在這裡陪伴爺爺奶奶。」

「梅奶奶還告訴我，你從小就是個體貼的乖孩子。」

「這個嘛，我也不曉得算不算體貼。」

不過，至少不是一個粗魯無禮的小朋友。從這段交談聽來，這位小姐似乎經常陪奶奶聊天。事實上，我家奶奶容貌美麗，年輕時還擁有「花開小路之花」的美譽，鎮上沒人不喜歡她的。

「我問了該怎麼稱呼，奶奶只說是『三毛小姐呀』。」

她喝了一口啤酒，露出笑容。

「大家都這麼叫我。」

「是暱稱嗎？」

她望向我。嗯，她側著臉的模樣像極了貓咪。以前住在這裡的時候，我還真的養過一隻名叫三毛的花貓。

「也不完全是暱稱。」她伸出纖長的食指，在空中寫起字來。「我姓『三家』，數字的『三』，家庭的『家』。」

「哦，原來如此。」

三家小姐。難怪大家都稱她三毛小姐。①

「幾乎沒人用本姓叫我。」

「我想也是。」

由於工作所需，我記得很多人的名字。假如不擅長記住人名，絕對不適合從事警察這項職業。我在服務站任職時，幾乎把轄區內的家戶資料全部輸入腦子裡了。「三家」這個姓氏確實相當罕見。

「名字呢？」

「『明』。」

「三家明小姐？」

「寫成平假名是三個音節。」

雖然不常見，的確也有女生取這個名字。

「妳應該聽人說過，這比較像男生的名字吧？」

「大家都這麼說。」

「剛好跟我相反。」

「真的耶！」

---

①此處姓氏「三家」的讀音為「Mitsu-ya」，但「三」、「家」這兩個字亦可讀做「mi-ke」，恰與「三毛」的發音相同。日文中的「三毛」是指身上同時有黑、白、褐三種毛色的花貓。

她再次噗嗤一笑。

我的名字「淳」雖是男生的名字，不過也有很多女生的名字用了這個字。其實「小淳」或同音的「小純」通常是對女生的暱稱。

三毛小姐從事什麼工作？今年幾歲？讀大學還是畢業了？我很想知道答案，最後還是沒有問出口。萬一又被誤認為是在對她做身家調查可就失禮了，況且這些事奶奶應該很清楚吧。反正她就住在附近，而且就在食堂後面，以後還會經常碰面。

我把杯底的啤酒一飲而盡。

「時間不早了。」

我一站起來，三毛小姐跟著起身。

「謝謝你的酒。」

「不成敬意。」

我接過她手中的玻璃杯。

「明天是第一天上班吧？」

「對。」

我點頭。三毛小姐忽然原地肅立。

「刑警先生，請加油！」

接著嫣然一笑。我同樣立正站好，向她行了舉手禮：

「遵命！」

〈花開小路事件簿〉之一　橋本家的貓

1

難得的輪休日，其實很想睡到自然醒，無奈天不從人願。

爺爺奶奶向來起得早。為了滿足顧客希望供應早餐的需求，食堂於早上六點半開始營業。爺爺奶奶因而必須在清晨五點下床張羅打理，才趕得及開門做生意。以前我住在這裡的時候，兩位老人家就是這樣的作息了。

幸好他們從沒在清晨五點喚醒我，總是等到早餐時段客潮散去的八點三十分左右，奶奶才爬上二樓叫醒我，「小淳，吃早飯嘍！」

我含糊地應了一聲，坐起身來。見我醒了，奶奶總會叮嚀一句：

「小心門框唷！」

「知道嘍！」

回到老家已經一個多月了，稍不留神還是會一頭撞上門框。爺爺揶揄我：誰讓你沒事長得比門框還

高！住在這裡讀中學時還不覺得屋子小，現在才發覺這真是一棟年代久遠的老房子，樣樣尺寸都小上一號。

「奶奶早。」

「乖，早安。」

我踏著嘎吱作響的木梯下樓，客廳的矮桌上已經擺著白飯、味噌湯、煎蛋捲、烤魚、自家做的油炸肉餅以及涼拌海帶芽了。身上罩著一件長袖連身圍裙的奶奶端坐在對面，我合掌說聲開動了，奶奶也回了句請慢用。

奶奶吃過早飯了，坐著喝茶陪我，爺爺則在店裡幫客人點餐。這個時段已經沒什麼顧客上門了，他一個人就足以應付。

「奶奶。」

「怎麼了？」

「我搬回來以後，好像變胖了。」

「哎唷！」奶奶笑了起來。「這可是好事呢，小淳太瘦了。」

投身警界第五年。很久不曾像這樣天天規律吃早飯了。

「其實還想幫你帶餐盒，你應該不願意吧？」

我一邊喝味噌湯一邊點頭。

「感謝都來不及了，怎會不願意呢？只是每天東奔西跑，什麼時候能吃上午飯都不一定，要是糟蹋了奶奶辛苦準備的餐盒就太可惜了。」

「說得也是。」

奶奶點點頭。

我每天早上的這個時候總在心裡讚嘆，奶奶一點也沒變，歲月幾乎不曾在她臉上留下痕跡。按理說，已是年過七旬了，但是人人都稱讚奶奶還是和以前一樣可愛。

「我說，小淳哪……」

「奶奶請說。」

「今天輪休吧？」

奶奶說對了。自從當上刑警之後，好不容易熬到第一次輪休。我在心裡盤算著該怎麼好好享受這一天，想做的事情太多了。

「奶奶想託你幫個忙。」

「幫忙？」

不曉得是什麼事。

「有位客人來找我商量。」

「商量什麼？」

「家裡的小貓成天出門蹓躂，外頭好像有人餵飯吃。」

「貓？」

奶奶說是住在一丁目北側再過去那邊的橋本太太，算是相熟的鄰居。橋本家養的那隻名叫小栗子的貓喜歡出門散步，從早到晚到處閒逛，直到太陽快下山了才回到家裡。

出門玩倒是無所謂，問題是回到家後不肯吃飯。尤其是近幾個月以來，連一頓飯都沒在家裡吃過。

「橋本太太擔心極了。雖沒在家裡吃飯但一點也沒變瘦，甚至還胖了些。她猜一定有好心人餵了貓。既然小栗子在別人家吃了飯，總得知道是哪戶人家，才好登門道謝。問題是……」

「問題是沒辦法跟蹤小栗子，所以橋本太太不曉得該怎麼辦了，對吧？」

「就是說嘛。所以呢……」

「所以呢，奶奶的意思該不會是要我幫橋本太太調查小栗子到底是在哪裡吃飯的吧？」

「小淳，就是這樣沒錯！」

奶奶，您別那麼高興呀。

「我說奶奶，我是刑警耶！跟蹤的對象是人，而不是貓啊！」

「可是，你最拿手的就是調查事情了，不是嗎？」

「我的確擅長調查……」

「對嘛，而且今天也剛好有空吧？」

啊，今天輪休，我居然忘了這個最重要的關鍵。奶奶雖是滿面笑容，卻是步步進逼。我從小就對奶奶這種「笑咪咪地讓人聽話照辦」的招數毫無招架之力。

「聽說那隻小栗子總是在十點左右出門。」

奶奶的言下之意是：時間不多了，飯吃完了快去洗把臉趕緊到橋本家跟蹤小栗子吧。

我嘆氣了——到底該如何跟蹤一隻貓呢？

但是，我心裡明白，這是因為奶奶心腸軟，大家都把疑難雜症帶來找她商量。我以前住在這裡的時候就是這樣了。印象中爸爸媽媽也曾對此倍感困擾。

「嗯，知道了。我不敢保證一定能查出結果，總之先去問問情況。」

「小淳，不好意思，謝謝唷！」

奶奶用不著跟我客氣。既然是奶奶交託的事，就得使命必達。

「那，我出門嘍！」

走出店門，映入眼簾的是聳立在花開小路街面中央的超大型玻璃罩，裡面是一座名為〈苦惱的戰士〉

的石像。

「究竟是誰把這東西擺在路上的？」

每看到一次總會暗忖一次。〈苦惱的戰士〉這個作品名稱實在令人拍案叫絕，雕像的表情和動作完完全全流露出內心的苦惱。唉，同為天涯苦惱人，伙伴你好啊。

「小淳！」

「喔！」

遠遠地，弘哥揮著手朝我跑來。

「真是的，總算見到你啦！」

「不好意思。」

弘哥笑著拍了拍我的肩膀。我們一塊長大，先後加入了學校的劍道社。他接下了名取皮鞋店的家業，店址就在我們食堂的正對門。

「聽說很忙？梅奶奶抱怨，好不容易盼到你回來了，結果成天不見人影。」

「剛進新單位就接到好幾起案子。」

弘哥頓時面色凝重。

「你被分派到那個連環殺手的專案小組吧？」

「嗯。」

關於調查的細節不便對外透露，只能讓爺爺奶奶知道我加入了小組，以免他們胡思亂想。其實就算不說，大家都曉得這樁發生在轄區內的凶殺案是由我們負責調查的。

「幸好逮到兇手了。」

「託大家的福。」

就是因為緝捕歸案了，我才得以申請輪休。

「是小淳親手抓到的嗎？」

「我沒那麼厲害啦。」

我只是跟在學長後面到處查訪而已，沒幫上太多忙。

「話說回來……」弘哥一臉佩服地搖了搖頭。「真沒想到當初那個小傢伙居然當上刑警了！」

「老實說，弘哥比我更適合加入警界。」

我們同時笑了起來。弘哥是劍道五段的高手，身材和一八九公分的我差不多一般高，但是魁梧的體格卻足足是我的兩倍，五官相貌也令人望之生懼。兩人肩並肩站在一起，任誰看了都以為我是賣鞋的，弘哥才是刑警。

「這件懸案，你不追查嗎？」

弘哥望著〈苦惱的戰士〉問我。

「主管沒派我去辦這件案子。」

大約一年前左右，這幾座石像突然出現在花開小路的路面中央。我從報上看到這則新聞時還吃了一驚。

「聽說目前還在調查，可是案情並不單純，遲遲沒有進展。」

「其實沒破案也無所謂，對我們來說等於是財神爺哩。」

的確如此。我聽爺爺說，自從這幾座謎樣的石像出現以後，原本死氣沉沉的花開小路商店街立刻變得欣欣向榮。只要故鄉能夠恢復昔日榮景，理由為何其實並不怎麼重要。

「值勤嗎？」

「不是。」

實在說不出口自己要去跟蹤一隻貓，只好含糊其詞地說有人託我調查一點事情。

「對了，弘哥，你認識住在後面那條巷子的橋本家嗎？」

弘哥轉頭看了一眼，回過來朝我點點頭。

「喔，認識啊！橋本直和先生，好像是某一家公司的高階主管。」

「聽說他家養貓？」

「有貓，也有狗。」

原來還養了狗。既然貴為高階主管，想必住在豪華的大房子裡。弘哥想了想，建議我：

「我不知道你想調查什麼，如果需要打聽這一帶的事，可以去松宮電子堂。」

「松宮電子堂？」

「那家電器行不是有個兒子嗎？小你五、六歲吧，名叫松宮北斗。」

「哦——」

聽弘哥這麼一說，好像有這麼個人。

「那傢伙是你表妹奈緒的男朋友哩！」

「真的假的？」

咖哩餐館的奈緒？我完全沒聽說這件事。算起來，奈緒應該讀完短期大學畢業了。

「這條花開小路上閒得發慌的老人家沒事就喜歡去他那裡坐坐，可以說是小道消息的蒐集中心了。」

只能在二度空間移動的人類，根本沒辦法跟蹤能在三度空間移動的貓咪。

「真要命……」

小栗子是一隻黑白斑紋的貓，就和荷蘭乳牛身上分布的色塊一樣。我摁了橋本家的電鈴，正要請教出來應門的橋本太太一些問題，沒料到小栗子竟在這個時候出發散步，害我連招呼都沒能好好說完就趕緊跟在小栗子後面離開了。

小栗子一開始走得十分悠哉。我試著喚了一聲，這隻貓停下腳步望向我。我伸手招了招，牠隨即走了過來。看來，這隻貓相當親近人。剛才橋本太太匆忙間提醒我，左鄰右舍她已經統統問過一遍，用不著在這一帶打聽了。也就是說，即使陪著黏人的小栗子玩耍也只是浪費時間而已。

因此，我讓這隻貓繼續散步，自己跟在後面走。沒想到小栗子一骨碌躍上圍牆，緊接著跳進那戶人家的院子裡，從此不知去向。我試著來回找了好幾趟，還是沒能發現小栗子的身影。

「累死人了……」

算了，乾脆在外頭逛一逛，時間差不多了再回去告訴奶奶「沒辦法，還是跟丟了」，這樣就算交差了事了。可是既然受人之託，總是希望帶回捷報。哎，警察的老毛病。

「只好去松宮電子堂了。」

那家電器行應該在二丁目。我記得去那裡買過幾次電池和燈泡。剛剛弘哥說他叫北斗。真好奇大家為什麼會去找那麼年輕的男生東家長西家短的呢？

「那就去打聽打聽吧。」

陪伴我度過童年時光直到中學時代的花開小路商店街。一丁目到四丁目是我小時候的遊樂場。還記得和爸爸媽媽搬到其他地方時，對這條街有些依依不捨。

我從小巷子拐回商店街，邊走邊逛。寶飯中菜館的那頭招牌木熊居然還在。咦，那位外國老先生好像是聖伯吧，看起來依然老當益壯。想起來了，以前在路上見到他總是同樣身穿筆挺的西服、頭戴帽子，還帶上一支手杖，儼然英國紳士的風範。我記得他女兒是我的學妹，名字一時想不起來。

松宮電子堂還是以前的模樣。我按照弘哥的指示，不走正門，而是繞到後面那塊宛如倉庫的地方。映入眼簾的是一處小庵似的空間，裡面擺著椅子和桌子。不過，這裡的椅子其實是啤酒箱和橫放的冰箱，而所謂的桌子也是拿捆電纜的大木軸充當的。

「打擾一下……」

「請進！」

我一開口，一個在雜物堆中埋首修理東西的年輕男人聞聲抬起頭來。

嗯，這張臉我有印象。

「啊！」

只見他立刻起身撢了撢身上的工作圍裙。

「好久不見！」

「你好。認識我？」

「認識。您是赤坂食堂的小淳學長吧？」

剛說完，他又補了句「就是那位當刑警的學長」。我已經料到自治會的所有成員早就聽說了赤坂食堂的孫子當上刑警，回到這條商店街了。

「現在有空嗎？」

北斗是個講究禮數的人，不僅送上咖啡，還拿出了茶點。

「不好意思，打擾你工作了。」

「別這麼說。」

北斗客氣地笑著。

「我們見過面吧？」

他開心地笑了，點頭回應。全套運動服加上一件工作圍裙，過長的劉海稍嫌礙眼，倒是挺適合他身上散發出那種有點像又不太像宅男的氣質。看起來思路相當敏捷。

「您從小學到中學都是我的學長。我也在體育館現場見證了您中學時代拿下冠軍的那場劍道大賽喔！」

「真的嗎？」

沒想到還有人記得這件事。他說今年是二十二歲，那就是小我五歲。

「有件事剛從名取皮鞋店的弘樹學長那裡聽說……」

「請說。」

「你是柏克萊的奈緒的男朋友？」

北斗難為情地笑了笑，抬起手把長長的頭髮往上撩了又撩。

「可以這麼說吧。」

好幾年沒看過奈緒了，前陣子才見到一面。小時候就覺得這女孩帶有某種奇妙的夢幻氣息。我想像著他們兩人站在一起的模樣，似乎不怎麼合適。

「奈緒說過，小淳表哥從小就是一位『正義使者』。」

「像嗎？」

「她說，每次看到電視影集裡的主角英雄，總會想起小淳表哥。」

嗯，很久以前奈緒好像對我說過這樣的話。

「北斗，今天來找你，也是弘樹學長告訴我的。」

「學長請說。」

「他說，如果想知道這一帶的小道消息，問你準沒錯。」

北斗露出無奈的笑容。

「也不曉得為什麼，大家都喜歡來這裡聊天。」

這地方真像祕密基地，的確很適合講悄悄話。

「一些長輩常來這裡談天說地，我自然而然聽到了不少消息。」

「嗯。」

北斗是個值得信賴的男人。好歹當了五年警察，這點識人的功力還是有的。

「事情是這樣的，奶奶交代我辦一件事。」

我把前因後果講了一遍。今天得查出橋本家的小栗子出門散步時去哪戶人家吃了飯。

「你有什麼線索嗎？」

「要調查橋本家的貓哦……」

北斗端起自己的那杯咖啡，喝了一口。桌面上擺著好幾台電腦，還有很多機器，宛如美國洲際彈道飛彈的發射中心。

「我知道那隻小栗子。送貨去客戶家時，經常看到牠在外頭散步。」

「這樣啊。」

他握住滑鼠，原本一片黑的螢幕亮了起來，接著透過瀏覽器點開地圖，畫面上立刻出現花開小路商店街的周邊地圖。

「那隻貓的活動範圍很廣喔。上次是在這附近看到的。」

畫面上的游標指向兩公里遠的一座公園。

「真的嗎？」

這下麻煩了。正苦惱著該怎麼辦，忽然瞥見北斗的表情有異。

「怎麼了？」

「喔，沒什麼。」他猶豫了一下才開口，「那戶人家的傳聞我聽說了一些，和他家的貓無關，而是關於橋本太太的。」

「什麼傳聞？」

「不太好的流言蜚語。」

北斗苦笑起來，臉上寫著不確定該不該說出來的無奈。我明白他不太願意背地裡道人長短的心情，所以向他點了頭，以眼神向他保證不必擔心。

「放心，我可是刑警，絕對會保護消息來源。」

北斗一改正色，表示知道了。

「大約兩個月前吧，橋本奶奶過世了。」

「橋本家的奶奶過世了？」

「是橋本先生的母親。泰子太太——喔，橋本太太名叫泰子——必須奉養家中的婆婆。」

我邊聽邊點頭，大概可以猜到北斗接下來要講什麼了。

「問題是橋本家有婆媳問題。據說，橋本奶奶過世後，泰子太太曾經吐露『終於可以鬆一口氣了』的心聲，但無法證實她是不是真的說過這句話。」

「原來如此。」

果然被我料中了。

「該不會有人懷疑橋本奶奶的死因吧？」

北斗急得直搖手。

「沒有那種謠言。聽說過世時已是八十九了。」

「那倒是高壽。」

應該稱得上是喜喪了。原來剛才見過面的橋本泰子太太和婆婆處不來。這個訊息看似對於查出小栗子的散步路線沒有任何幫助，但我從日復一日的工作經驗中領悟到，任何一則情報都可能在某一個時刻派上用場。

「你大概不清楚哪些居民喜歡貓吧？」

明知希望渺茫，還是試著問問看。

「這裡有很多愛貓人，也有不少固定在這一帶活動的街貓，討厭貓的人反而是少數……」北斗說到一半，拿起擺在桌邊的手機。「還是我把出名的愛貓人和厭貓人的名單寄給您？」

「喔，太好了！謝謝。」

電子檔當然比逐一抄寫來得快多了。考慮到以後或許有事請教，於是用紅外線傳輸功能交換了彼此的手機郵件帳號②和手機號碼。北斗立刻在手機上輸入文字。

「好，寄過去了。」

不愧是年輕人，太神速了！喔，我也不算老吧。我點開一秒收到的檔案，上面羅列著一長串人名，分別是喜歡貓與討厭貓的人。

「這樣的話，我乾脆照著這份名單去請教他們知不知道小栗子的散步路線吧。」

「對，這個方法應該最有效率。」

北斗微笑著點頭。他果真腦筋靈光又有才幹。看來，奈緒交到一個好男友了。我闔上手機，告訴他

②日本當時的主流聯絡方式。手機收發簡訊需傳送至手機上的郵件帳號，不同於網路的電郵帳號。

這就去探聽並且準備動身，北斗突然想起什麼似地「啊」的低喊了一聲。

「怎麼了？」

他抿了抿嘴。

「也許是無關緊要的事……」

「沒關係，你說吧。」

他皺起眉頭，又握住滑鼠操作了一下，電腦螢幕上出現了一張照片。

「狗？」

是一條黃金獵犬。

「這是橋本家以前養的狗，名叫餅乾。」

貓是栗子、狗是餅乾——如此看來，家中寵物的名字應該是泰子太太取的。若是橋本先生命名的，想必是位酷愛甜食的男士。

「拍照是你的興趣？」

這張照片拍得很好。解析度相當高，構圖更是完美，宛如出自名家之手。

「我喜歡玩相機，也喜歡動物。遇到這附近的貓狗都會為牠們拍下照片。」

電器行的兒子喜歡玩相機，可說是打遍天下無敵手了。

等等，倒帶一下……。

「你剛才說『以前』養的狗？」

北斗用了過去式。他點頭證實我沒聽錯。

「對，差不多一個月前死了，大約九歲。」

一條九歲的狗死於一個月前。

「雖然稍微早了一點，如果是純種犬，在這個年齡死亡還算在正常範圍之內。」

我之前查過這方面的知識，因此很有把握。儘管不能一概而論，不過大型純種犬的壽命通常介於十歲至十四、五歲之間。

北斗點了頭。

「不過，餅乾當時很健康，沒有任何異狀。很巧，這張照片是在牠死掉的前一週拍的，所以我記得很清楚。」

「拍完的隔週就死了？」

照片中的牠的確活力充沛，毛量豐厚又有光澤，眼睛也十分清澈，怎麼看都是個健康寶寶。

「這樣哦……」

這戶人家兩個月前奶奶撒手人寰，一個月前死了一條狗。

而現在，我正在跟蹤這家人飼養的那隻不肯在家吃飯的貓。
鼻子開始發癢了。
事情恐怕不單純。

2

雖說身為刑警，也不應該把日常生活中的大小事都往壞處想。
「嗯，不該往壞處想。」
可是，每當我的鼻子開始發癢，通常表示即將發生不妙或是不妥的狀況。從小就這樣了。這個預兆小自無足輕重，大到非同等閒，不是同學受傷就是爸爸在工作上出了紕漏，還有自己跌下樓梯扭傷了腰，樣樣都經歷過了。
甚至在投身警界之後，也常靠著這個前兆準確預測，並且防範了事故與案件的發生，儘管算不上什麼大功勞。舉例來說，猜中一個少女正準備在店裡順手牽羊，或者上前盤查某個形跡可疑的男人並及時阻止了一樁竊案。
現在的鼻子發癢絕不是因為感冒或過敏。我一直是個健康寶寶，感冒的次數用一隻手就算得出來。除去嬰兒時期沒有印象，讀小學以後我不曾臥病在床，頂多輕微發燒或喉嚨有點痛，去過一兩趟醫院而已。

俗話說「人笨傻，體健壯」，不過我還是很感謝父母賜給我如此強壯的身體。當然，按爺爺的說法，「這得歸功於每天都吃我精心烹調的營養豐富的套餐哩！」

我的爺爺，赤坂食堂的老闆赤坂辰，一位講究人情義理的男子漢，在這條花開小路商店街中是數一數二的資深店主。

當初爺爺在這裡開店時，料想到本地日後會陸續開設各式餐廳，為避免菜色重疊、妨礙他人營業，他決定專營日式套餐，這項原則堅決遵循至今。

所以，赤坂食堂的菜單上只有豆腐燉肉套餐、味噌鯖魚套餐、薑絲肉片套餐、鹽烤秋刀魚套餐、炸蝦套餐、漢堡排套餐等等。「絕對不可以造成其他店家的困擾」——爺爺時常把這句話掛在嘴邊。店裡唯一的酒精類飲料是瓶裝啤酒，而且每位顧客限點一瓶。爺爺認為，美味的套餐並不是下酒菜，想喝酒就該光顧酒館才對。

如此堅持原則的理由，在爺爺的背上。

脫去上衣之後，赫然現出一幅栩栩如生的「騰龍」刺青圖。小時候我總纏著爺爺一起洗澡，為的就是想藉機多瞧幾眼。

當上警察以後，看到紋身的機會自然大增，但是至今尚未見過像爺爺身上這般活靈活現的。有時真想把一些紋著半吊子刺青的傢伙帶來這裡拜觀並且痛罵一頓，接著好言相勸回歸正途。

「少不更事。」

「不成氣候的渾小子才會刺上這玩意。」

「你可千萬別仰慕這種人哩！」

算不清爺爺像這樣對我訓了多少次。我之所以加入警界，說不定是受了爺爺這番話的影響。

爺爺非常高興我能夠成為警察。他說，今天之所以能靠自己的勞力掙錢過日子，必須感謝某位警察的點醒。雖然爺爺還沒有告訴我那一段過去，但他非常開心孫兒能夠與拯救自己人生的恩人從事相同的職業。

向來沉默寡言的爺爺，唯獨在提起這些過往的時候面露喜色，滔滔不絕。

輕輕捏住不停發癢的鼻子……

我決定換個方式思考。

這已不單純是奶奶託我幫忙解決近鄰的煩惱，而很可能是某起事件即將發生或者正在發生。

「話是這麼說……」

我總不能像平常工作時那樣，拿著警員證挨家挨戶查訪線索。畢竟調查的對象是一隻貓呀。

再看一次北斗給的那份名單。

高居愛貓人名冊榜首的，竟然是花開小路派出所的角倉巡查部長！噢不，不該用「竟然」二字。喜歡動物是好事，況且對經常出現在轄區內的貓兒倍加關愛，也屬於派出所員警的工作範疇。

實際上，在派出所和服務站值勤的員警必須喜歡動物，或者至少不能害怕動物。尤其是在鄉間村鎮執行勤務時，必定會遇上許多與動物相關的小案件。我有一位學長於派駐服務站時期處理過的相關案件居然遇過多達十五種動物！貓狗當然不必說了，還有雞、猴、豬、馬、蜥蜴、烏龜、蛇、鸚哥、果子狸、浣熊、綠雉、鹿，最後壓軸登場的是老虎。

我不僅不討厭動物，而且最喜歡貓和狗了，但還是由衷慶幸自己得以在被指派參加「上山打老虎大作戰」之前調離了服務站的職務。

「去拜訪一下吧！」

搬回商店街以後雖去問候過一次，但沒有多聊。我在這裡住到上中學，那時角倉學長應該已經在這間派出所值勤了，不過那時我沒去過派出所，也不曾和他交談。聽爺爺說，角倉學長頗具男子氣概。

「喔，赤坂刑警好！」

角倉學長特地起立向我敬了禮。論職級，角倉學長當然在我之上，可是基於警界不成文的傳統觀念，這位大學長對我這個便衣刑警仍是多予禮遇，實在不敢當。同在這間派出所任職的三太學長不在所內，可能是外出巡邏了。

「今天輪休嗎？」

「是的。有件事想請教……」

我覺得還是應該讓轄區內的員警知道有個住附近的刑警在輪休日受託進行調查，於是坦白說出了前因後果。

角倉學長聽完之後，苦笑著為我沏了茶。

「原來是在調查小栗子平日的行蹤。的確常看到小栗子在這一帶散步，說不定待在外頭的時間還比在橋本家來得長哩！來，請用茶。」

「不好意思，還勞駕您準備茶水。」

我喝下一口熱茶，頓感驚訝。

「這茶真香！」

見我訝異地發出讚美，滿面笑容的角倉學長十分欣慰地點了頭。

「這可是我自掏腰包買的茶葉呢！最近對這方面有些講究。」

「難怪這麼好喝。」

聽他一提，我才發覺茶壺和茶杯都不是統一採購分發各派出所使用的便宜貨。想必這也是角倉學長的私人物品。

「辰伯近來好嗎？好一陣子沒上店裡叨擾了。」

「還是老樣子，精力充沛！」

以前聽奶奶提過，角倉學長和爺爺相當談得來。我也猜過爺爺當年的那位恩人會不會是角倉學長，不過在爺爺親口告知之前，還是別多問比較好。

「就我記憶所及，既沒看過也沒聽過有哪戶人家餵了小栗子的。」

「這樣啊。」

「嗯。」角倉學長點了頭。「不過想想也不無道理，既然一整天待在外頭，就算在哪裡吃了飯再回去，也沒什麼好奇怪的。」

「請問小栗子從前就喜歡成天在外面散步嗎？」

「這個嘛……」

角倉學長抬頭望著天花板思索。這裡的天花板結構十分特殊，是灰泥塗抹的圓頂形式。

「想了想，在外面看到牠的次數好像是最近才變多。」

「您說的最近，大約是從多久之前開始呢？」

「呃……」角倉學長抓抓頭，「如果是居民的生活動態還有印象，但是一隻貓……實在記不得了。真沒面子。」

「請別這麼說。」

「不過，可能是近一兩個月開始頻繁看到牠在街上散步。」

原來是近一兩個月。

「對了！」角倉學長雙手一拍，「不妨去問問內田刀具的老闆娘，浩美太太！」

「去向內田刀具老闆娘請教嗎？」

我記得北斗列的名單之中也有她的名字。

「那位老闆娘的興趣是拍照，而且在這一帶拍了不少貓的照片。前些時候還看到她做了一張貓咪分布圖哩！」

「貓咪分布圖？」

位於一丁目的內田刀具就開在赤坂食堂的斜對面。如同店名所示，店裡陳列著許多菜刀與利刃，因此小時候大人就常叮嚀我們絕對不許在那家店裡玩耍吵鬧。

這家店的第三代店主是內田一成老闆，浩美太太是他的妻子。如果我沒記錯，一成老闆的年紀差不多介於三十五到四十歲之間。

「哎，聽你問話的方式，真是個不折不扣的刑警呢！」

一成老闆點著頭笑說。在我的腦海中，幾乎沒有留下和一成老闆互動的記憶。在他看來，我也只是個住在對面的鄰居小孩而已。

我告知聽說這裡有張貓咪分布圖，浩美太太馬上去了後面搬出一張尺寸相當大的圖示板來。

「就是這個！」

原來這就是角倉學長口中的貓咪分布圖。這張以花開小路為中心的手繪地圖上貼著滿滿的貓咪照片，而且還細心地將列印出來的照片沿邊剪出了貓咪的形狀。剪工格外精巧，不愧出自刀具店老闆娘之手。

「除了這張以外，還有狗兒分布圖、公園分布圖、花卉分布圖喔！」

「這樣啊。」

浩美太太似乎頗為樂在其中。

「小栗子在這裡。」

她指著貼有小栗子照片的地方，地點自然是橋本家。

「另外還有這裡。」

二丁目的〈古戎的五對翅膀〉雕像處也有小栗子。

「不曉得什麼緣故，這隻貓很喜歡趴在這座雕像底下睡覺。」

仔細一看，照片中的小栗子的確十分放鬆地呼呼大睡。

「您看過有人餵小栗子吃東西嗎？」

「呃……沒看過耶……」

浩美太太說，住在這裡的人都知道小栗子是家貓，應該不會隨意餵食。按理說，確實應當如此。

二丁目的正中央巍然聳立著一座名為〈古戎的五對翅膀〉的石雕人像。平時小栗子常在這底下睡覺，但是現在沒看到身影。

「嗯——」

我沒有藝術造詣，談不上什麼審美眼光，但是這座雕像實在令人讚嘆，可說是百看不厭，甚至每看一次都有驚喜的感受，就連我這個外行人也覺得這才是真正的藝術作品。

傳聞這座雕像是由一位名為「聖人」的傳奇英國雅賊擺在這裡的。雅賊至今依然存在於英國歷史的一頁，亦是電視節目和漫畫喜愛的題材。明知自己的警察身分不該有這個念頭，卻也不免有些羡慕英國仍保有這種文化風情。

不過，倘若傳聞屬實，那名雅賊做這種事對自己有益嗎？又或者已經得到了某種好處呢？

「有益……」

對，就是這個！

好處。利益。

犯罪必有動機。無論旁人看來有多麼荒唐，但是對作案人來說卻是名正言順的動機。並且，那個動機通常與廣義的利益有密切的相關。

這種邏輯不僅限於犯罪行為理論，任何行動必定有其動機。

小栗子不在家裡吃飯是因為在外頭吃過了。這項推論應該不會有錯。貓的行動都是憑藉本能，不吃飯是因為肚子不餓。

那麼，問題就在於為什麼不肯在家裡吃飯了。

這是必須思考的第一個問題。雖然只是一隻貓，但依循本能的所有行動依然有其理由。

「她……是不是察覺到什麼不對勁呢？」

等等，我剛才用了代名詞的「她」，可是根本忘了問清楚小栗子究竟是母貓還是公貓，只是憑直覺認為應該是個女生才會取名為「栗子」。

「想必是女性朋友吧……」

「女性朋友？」

身後傳來小孩的聲音。回頭一看，兩個小朋友並肩站在一起。

「咦？」

「小淳刑警，早安！」

「早安。」

小淳刑警。

搬回這裡以後一直忙著出勤，沒空向鄰居逐戶問好。不知道什麼時候開始，這一帶的小孩都這樣叫我了。

一定是奶奶的緣故。我猜她對每一個上門用餐的顧客都要說一句「我家的小淳當上刑警後搬回老家住嘍！」

眼前的兩個小朋友分別是住在緊鄰赤坂食堂後方那棟立花莊的翔哉，和大學前書店二女兒的小菜，兩人都讀小學六年級，當然也都是我的學弟妹。

「怎麼沒上學？」

今天應該是上課日的星期四。

「創校紀念日放假呀！」

他們臉上的表情明明白白寫著「你是我們的學長耶，怎麼連這麼重要的事都不知道呢？」兩位學弟妹，對不起，我真的不知道；或者說得更準確一點，我不記得了。翔哉先看了我一眼，再望向〈古戎的五對翅膀〉雕像，說：

「如果煩惱女朋友的事，應該去三丁目那邊，而不是待在這裡喔！」

「為什麼該去三丁目？」

「因為三丁目的〈海將軍〉是『愛情守護神』嘛！」

小菜笑嘻嘻地告訴我。這個小女孩長長的頭髮真漂亮。

「前陣子亞彌老師就是在那裡舉行了婚禮喔！」

「噢，我煩惱的事和女朋友無關……」

他們口中的亞彌老師是學校的班導師嗎？

「……更何況，我沒有女朋友。」

在搬回這裡之前，我和女朋友分手了。不過，這種苦澀的私事告訴鄰居小朋友也於事無補。

「不然是誰呢？小淳刑警剛才不是看著〈古戎〉，臉色沉重地喃喃唸著『女朋友』嗎？」

翔哉那雙清澈的眼睛望著我，應該是出自一個小學生的好奇吧。聽奶奶說，他是個心地很善良的男孩，和媽媽相依為命，每天都主動幫忙媽媽打掃煮飯洗衣，是個值得稱讚的好孩子。

「我剛才說的女性朋友，其實是——」

不如問問他們吧！小朋友對住家附近發生的任何小變化有時比大人還要清楚。我小時候也是這樣的。差不多和他們一般大的時候，跑遍了這條花開小路的每一個角落，看到與聽到了許多事情。

「——你們知道一隻名叫小栗子的貓咪嗎？」

「知道！」

小菜開心得跳了起來，長髮隨之擺盪不已。

「是一隻黑白斑紋的貓咪！」

「常常在這裡睡覺喔！」

「對對對，就是牠！我剛才是在想那隻小栗子到底是母的還是公的，所以才會說了女性朋友。」

「是母的呀！」

翔哉立刻回答。果然是母貓，讓我猜中了。

「她肚子這裡有一道傷疤喔！那是不久前和別的貓打架時受傷的。」

「你連這種事都知道？」

「那還用說！」翔哉一臉得意地揚起下巴。「因為栗子一直在我家啊！」

「在你家？」

案情急轉直下。

兩個小朋友只扔下一句「要趕快去和同學會合了」就跑掉了，我來不及多打探一些線索。不過，立花莊的確屬於小栗子散步路線。按照翔哉剛剛的說法，應該有許多貓都把那裡當成休息站，包括小栗子在內。

「我居然沒發現。」

我還住在這裡的時候，雖然也常看到在外流浪的街貓和出門散步的家貓，但是從來沒見過牠們聚集在立花莊。話說回來，當年看過的那些貓，現在大概都離開這個世界了。

立花莊南側房間的曬衣架。

那裡如今成了小栗子的休息站，有時在那裡睡個回籠覺，有時在那裡磨一磨爪子。然而我沒料到的是，住在那間附有曬衣架的租屋裡的房客，居然是……。

「……三毛小姐！」

我走回食堂的後巷仰首張望。抬頭之前已經做好心理準備，萬一樓上晾著內衣得趕緊別過頭去，所幸上面沒有晾曬任何衣物。

翔哉說，三毛小姐租屋的曬衣架緊鄰自己房間的窗戶，他可以看得很清楚。這麼說，那扇窗的位置就是翔哉的房間了。

每當三毛小姐陪著來訪的貓咪玩耍時，翔哉也會沿著屋頂走過去和那隻栗子與其他貓咪一起玩。

既然三毛小姐的租屋是在外流浪的街貓、出門散步的家貓，甚至包括翔哉在內的人貓聚集地，那麼牠很可能就是在這裡吃飯的。

「沒想到頭痛的問題就這樣迎刃而解！」

結論就是小栗子在三毛小姐家吃得太飽，回到家以後再也吃不下了。

認真追究起來，三毛小姐的做法實在有違常理。內田刀具的浩美太太方才也說過了，若是街貓倒也罷了，但凡有常識的人都不會擅自餵食有主人的家貓。尤其是愛貓人士，絕對可以一眼分辨出是街貓還是家貓，更不可能那麼做。

「三毛小姐會是那麼缺乏常識的人嗎？」

自從搬回這裡的第一天恰巧遇上三毛小姐的街頭表演之後，接下來就無緣觀賞了。聽奶奶說，她通常每星期表演一天，無奈我連一次都不曾在她表演結束前回到家。

如果沒記錯，在那天之後總共遇過她三次。

一次是大清早在巴士站牌遇到她拎著一只大包包，另一次是深夜在便利商店碰到面，還有一次也是半夜我在房裡似乎聽到不尋常的聲響便推開面向花開小路的窗子，恰巧看到了三毛小姐經過底下。

每一次我們都只簡單交談一下而已。

她說自己是一家美術專科學校的兼任講師，距離此地大約十分鐘的車程。由於沒有每天排課，待在家裡的時間比較多。街頭表演只是興趣，如果有一天能夠靠音樂維生也挺好的。換句話說，她是一名從美術科系畢業的業餘音樂表演者。年紀約莫二十四、五歲，東京人，祖父母曾住在這座小鎮，所以對這裡相當熟悉。

她的相關資訊我只知道這麼多了。不過，單從這些寥寥可數的訊息中也可以判斷出她不像是個缺乏常識的人，甚至應該是一名獨立自主的女性。

不過我可以理解，有些愛貓人雖然平常循規蹈矩，可是一提到貓咪就眼冒愛心，什麼都不管不顧了。

不曉得奶奶有沒有三毛小姐的手機號碼。

「我回來了。」

推開喀啦作響的鋁框拉門回到食堂的時候還不到中午，爺爺和奶奶依然留在店裡忙著張羅準備迎接午間營業時段。只有一位顧客坐在櫃臺角落抽著菸讀著報。

「咦？」

「嘿，赤坂！」

是權學長。

「您今天輪休嗎？」

「不是，只是提早吃午飯。」

權學長邊說邊摺起報紙。權學長也就是權藤刑警，隸屬於偵查隊竊盜組，也就是負責竊盜案件。其實權學長早在認識我之前就常來光顧赤坂食堂了。自從他得知我是這家的孫兒，在局裡碰到面時總邀我一起吃午飯或宵夜。

「你輪休？」

「是的。」

他招手讓我坐下，於是我坐到了他身邊。黑色粗框眼鏡，白色襯衫，褐色背心。這是權學長的招牌衣著。現年四十五歲，離過一次婚。前妻帶著獨生女住在鄰鎮的娘家，女兒已經十八歲了。以前一同小酌時曾聽他埋怨過很想見女兒，但女兒壓根不想見到爸爸。

「您說提早吃午飯，是不是來這附近辦案？」

「發現贓物了。」

權學長稍稍壓低了嗓門說話，並且朝店外揚了下巴。離這裡最近的當鋪，應該是田沼當鋪了。我微微點頭表示明白了。權學長聳了聳肩。

「那件玩意有些棘手，目前正在到處盤查。」

「您辛苦了。」

「反正休假沒事，過來幫忙吧！」

「饒了我吧！」

我抬起手做了求饒的動作。某位學長曾這樣告訴我，輪休日就該徹底休息，這也是警察必須遵行不悖的原則之一。權學長當然也知道這一點，所以只笑了笑沒再多說。

「您點什麼？」

「今日特餐的餃子套餐。我點了特製版，所以晚點出餐。」

「吃得滿嘴蒜味，當心又要惹人嫌嘍。」

特製版是餃子餡的蒜頭加量。

「管他的。你今天輪休在幹嘛？」

「查一隻貓。」

「貓？」

沒錯，就是貓。

「奶奶——」

「什麼事？」

「您知道三毛小姐的手機號碼嗎？」

「三毛小姐的號碼？不知道呀。」奶奶露出了俏皮的微笑。「想知道的話，直接問她本人就好嘍。」

說著，奶奶看向店外。「她剛剛經過門口唷！」

「真的嗎？」

我連忙往外看，但三毛小姐已經走遠了。

「權學長，不好意思！」

「忙你的！」

權學長的回覆從背後傳來，我大步衝出了店外。一轉進仲街，背著吉他的三毛小姐背影旋即映入眼簾。

「三毛小姐！」

三毛小姐回頭，朝我笑了笑。

「小淳先生。」

我跑上前去，表示有事情想請教。她點頭同意。

「想問我什麼呢？」

「妳知道一隻名叫栗子的貓嗎？聽說常到妳的曬衣架那邊。」

「哦——」她用力點頭。「知道呀！她常來。」

「妳……餵她飯嗎？」

三毛小姐眼睛比剛才睜大了些，再次用力點頭。

「是我餵的。」

果真是三毛小姐。

我向三毛小姐仔細說明了小栗子的飼主橋本太太正在尋找餵食小栗子的人，奶奶讓我利用輪休日幫忙找一找，於是我從起床後一直調查到了現在。

三毛小姐始終面帶淺笑，輕輕點著頭聆聽我的敘述。

「這就是整件事的經過。」

我本想接著詢問為什麼經常餵食小栗子，卻見三毛小姐忽然抬頭望向自己屋外的曬衣架。

「栗子來到我這裡時，身上出現了中毒症狀。」

「中毒症狀？」

三毛小姐點了頭。

「舌尖垂在嘴外，還淌著口水，情況很糟糕。整整兩天，只能餵她喝牛奶。」

「這件事，橋本太太知道嗎？」

聽我這麼一問，三毛小姐面露不解。

「我只認得那隻來到我家的栗子。看她在曬衣架上喵喵叫個不停，所以餵了牛奶，康復之後就跑來討飯吃了。我心想，既然想吃就給飯，如此而已。」

三毛小姐帶著淺淺的笑意，直視著我說完了這段話。乍聽之下再平常不過，但我依稀覺得，似乎有更深一層的意有所指隱藏在這些文字背後。

畢竟我是個刑警。

「那麼……」

我決定試探一下。

「我可以告訴橋本太太是三毛小姐餵食的嗎？她說得好好答謝人家才行。」

倏然，三毛小姐散發出一股異於尋常的氣息。只見她輕輕點頭之後，目光彷彿望向遠方。

「小淳先生。」

「請說。」

「我無意間看到了橋本太太在藥局買老鼠藥。」

「老鼠藥？」

這個名詞並不罕見，生活中常可聽到，尤其在警局的內部資料中更是頻繁出現。三毛小姐稍稍側著頭看我。

「很奇怪吧？」

我點頭表示同感。

「家裡明明有小栗子，對吧？」

養貓人家，屋子裡不可能住著一窩老鼠。當然不敢說絕無例外，但是大多數人應該都和我們看法一致。

那麼，橋本太太為什麼要去買老鼠藥呢？

目的何在？

「哪家藥局？」

可以想見此刻的我已經換上一副刑警的神情。即使並非刻意如此，只要嗅到一絲異樣，就會不自覺變成這樣了。

原以為眼前這位小姐純粹是一個業餘音樂表演者，喜歡繪畫，也喜歡音樂。但是，絕不僅止於此。她的眼眸還透著一抹諱莫如深。

三毛小姐咧嘴一笑。

「橋本太太好像一直在忍耐喔！」

「忍耐什麼？」

「橋本夫妻沒有兒女，經濟上也十分富裕，可是家裡有老人和貓狗，根本沒法出遠門旅行。聽說那條大狗餅乾死掉的時候，她說了一句：總算只剩下一隻貓了。」

「這件事是聽誰說的？」

三毛小姐又側著頭淺笑。

「請提醒橋本太太，最好幫小栗子換個新飯碗。」

雖然只有短短一瞬，我隱約瞥見了三毛小姐眼底陡然射出一道精光。

「不好意思，我還有約。」

三毛小姐旋即轉身，踏著匆忙的腳步離開了。我背後忽然傳來踩到小石子的聲響，回頭一看，手握報紙的權學長站在那前。

「權學長，有什麼事嗎？」

他歪著腦袋說道：

「梅太太說你出來追女人了，我心想這種好戲怎能錯過，本來打算過來調侃兩句……」

「然後呢？」

權學長皺了眉頭。

「我說赤坂啊……」

「您請說。」

「那個女人，是何來歷？」

他朝三毛小姐消失的方向揚了揚下巴。

「沒什麼來歷不來歷的，只是個鄰居。」

權學長瞇起了右眼。

「就住在這棟立花莊。您認識她？」

他一聽，撇了嘴。

「算不上認識，只是見過幾面。」

不認識，但是見過幾面……這是什麼意思？

「有什麼不妥嗎？」

這一刻的權學長很明顯地切換為工作模式。

「該不會是有前科的人吧？」

皺著眉頭的權學長掏出菸來點上一支，思索片刻之後仰頭呼出了菸氣。

「不是有前科的人，也不是我們鎖定的對象。既然是鄰居，那麼應該清楚來歷吧？」

「那當然！」

名字是三家明，是美術專科學校的兼任教師……。

「還是一位街頭音樂表演者。」

權學長露出豁然開朗的神情點了頭。

「她背著一個吉他盒吧？」

「對呀。」

「我在辦案現場的周邊看過她好幾次。」

辦案現場？

「包括搜索現場的周邊、埋伏現場的周邊，還有那個地方和這個地方……」

權學長邊說邊扳手指數算，最後將張開的右手掌伸到我的眼前。

「五次！我至少看過她五次！或許只是巧合路過或者跟著湊熱鬧圍觀，並沒有任何關聯，問題是我看到她了。長得那麼可愛的女孩背著一只吉他盒，在人群裡格外顯眼，對吧？」

「的確顯眼。」

權學長甩了甩頭，又抽了一口菸。

「像是巧合，又不像巧合。一下子出現，一下子又消失了。」

簡直像隻貓似的？

這件事是奶奶託我調查的，自然得向奶奶報告才行。吃過晚飯，洗了澡，爺爺說久久一次的輪休日喝一杯並不為過，於是斟了啤酒給我。就在這個時候，我報告了調查經過。

當然，我毫無隱瞞，全都照實說了。只是沒提及從權學長那裡聽到三毛小姐的事。

「兩位有什麼看法？」

奶奶微微側著頭。爺爺看著我，舉起杯子將啤酒一飲而盡。

「我說小淳啊！」

「嗯？」

爺爺放下杯子，伸手拿菸，抽出一支點了火。

「那隻貓的事我不懂，可是橋本太太我可清楚得很，當然，你奶奶也曉得。」

「曉得什麼？」

爺爺吐出了長長的菸氣。

「死掉的那家奶奶患了失智，可憐極了。對吧？」

爺爺的最後一句對著奶奶說。奶奶微微蹙眉，點了頭。

「漫無目的徘徊、大發脾氣、摔壞家裡的東西……我都不忍心說下去了。長久以來全靠橋本太太一個人任勞任怨地拚命看護這樣的婆婆。她說過，畢竟是丈夫的母親，說什麼都不能扔到安養院，得親自照顧才行。」

「原來是這麼回事。」

爺爺自己斟了啤酒，再次一飲而盡。

「但是症狀實在太嚴重了，橋本先生也說過既然家裡有錢，還是送去安養院讓人幫忙照顧才好，但是問題不在錢哪。橋本太太真的很努力了。後來奶奶死了，橋本太太辦完喪事擦乾眼淚之後，心裡難免想著總算可以鬆一口氣，往後能過上安寧的日子了，這是人之常情，誰都沒資格責備她！」

爺爺說得很對，我也不禁點頭附和。爺爺將啤酒斟入我的杯子。

「買老鼠藥一事，也許家裡真的有老鼠了，而栗子根本不捉老鼠，所以只好去買藥回來。至於栗子吃了藥，也可能只是橋本太太的不小心。」爺爺嘴角略揚，笑了笑。「人吶，要是朝壞處想，見什麼都是壞事；往好處想，看什麼都是好事。人非聖賢，孰能無過。你在工作中應該頗有體會吧？」

「是啊。」

那是當然。即使是犯了罪的人，應該也有其優點與善良的一面。

「我是這麼想的……」爺爺喝了口啤酒。「你身為刑警，每一天的工作都得從『懷疑』開始，不過，偶爾用『相信』來結束休假的這一天，不也挺好的嗎？」

「這個道理，可以適用於我的工作和今天這件事，對吧？」

爺爺點了頭。

「三毛小姐說了，最好換個貓碗，對不？」

奶奶問道。

「對，她說了。」

「那麼……」奶奶溫柔地笑著點頭。「小栗子也許就是害怕那個。那只貓碗可能誤放了老鼠藥吧。」

對喔，或許是這麼回事。

「我去轉告一聲。」

奶奶繼續說道：

「或許基於某種因素，三毛小姐知道得比我們多。只要橋本太太換上新貓碗，三毛小姐一定會減少餵食小栗子的飯量，所以才會特地提醒小淳。過陣子，小栗子就會回到家裡乖乖吃飯了。」

奶奶笑咪咪地看著我。抽著菸的爺爺也點了頭。

「小淳，謝謝你呀，輪休這天還忙著到處跑。」

「別這麼說，小事一樁。」

我推開二樓的窗子，吸著菸，俯瞰著漸漸暗下的花開小路。剛剛跑去立花莊一趟，三毛小姐的屋子一片漆黑，大概還沒回來吧。

我覺得，三毛小姐似乎徹底掌握了橋本太太和栗子的一切。她為什麼要這麼做？又為什麼會被權學長好幾度目擊了身影？

「一個有點謎樣的鄰居……」

算了，別想了。反正三毛小姐又不是搬家了，說不定奶奶日後會問問她，到時候就能真相大白了。

輪休結束了。明天又要回到工作崗位了。

回到工作崗位上繼續善盡刑警的職責。

〈花開小路事件簿〉之二　政拉麵店收到來自天國的信

1

「小淳，吃早飯嘍！」

輪休日的早晨總是被奶奶的這句話喚醒。

其實輪休日這天很想睡到自然醒，卻無法如願。爺爺奶奶生性勤奮，從以前住在這裡就是這個規矩了，天亮以後就不許賴床。

赤坂食堂的營業時間從早上六點半開始。所幸奶奶從沒一大清早就喚醒我，總是等到早餐時段客潮散去的八點半左右，這才爬上二樓叫醒我。

「門框！」

「知道囉！」

這是我奶奶和我之間固定的對話。回到老家快兩個月了，稍不留神還是會一頭撞上門框。別人總羨慕我長得高，其實並不是沒有缺點。尤其從事刑警行業，引人注目是大忌。實際上，如果要跟蹤嫌犯時，

同事通常不讓我去。所幸沒有遇上太多需要跟蹤嫌犯的案件。

「奶奶早。」

「乖，早安。」

我踏著嘎吱作響的木梯下樓，客廳的矮桌上已經擺著白飯、味噌湯、煎蛋捲、自家做的油炸肉餅、馬鈴薯沙拉以及醬菜了。店裡的馬鈴薯沙拉好吃極了，堪稱饕客的隱藏菜單，不少客人都會特地外帶回去享用。美味的關鍵在於馬鈴薯汆燙的火候與時間，以及壓成泥狀的過程中摻入一點點甘薯。這可是業務機密喔。

身上罩著一件長袖連身圍裙的奶奶端坐在矮桌對面，我合掌說聲開動了。

「好，請慢用。」

忙了一早上的奶奶已經用過早餐了，喝著茶陪我吃飯。爺爺在店裡接待客人。這個時段已經沒什麼顧客上門了，他一個人就足以應付。

「小淳，我問你……」

「嗯？」

「今天有事嗎？」

「沒什麼重要的事。」

我這個人真的很乏味，連朋友也常拿這件事取笑。雖然也和一般人一樣喜歡聽聽音樂、翻翻書、看看電影，可是沒有到假日時非看這部電影，或者非讀幾本書不可的狂熱程度。有幾位同事喜歡在輪休時釣魚、打麻將或騎單車，可是我實在提不起非做什麼不可的興致。在自己一個人住的那段時期，輪休日多半只用來打掃房間而已。

「沒有女朋友嗎？」

奶奶雖然笑咪咪的，卻猝不及防地投來一記直球。

「可惜沒有。」

「三惠子很擔心喔。她說，這孩子長得還可以，偏偏就是沒有女孩緣。該不會是男同志吧？」

「我才不是呢！」

真沒想到媽媽居然對奶奶說了那種話。更讓我驚訝的是，奶奶竟然知道「男同志」這個名詞。

「小淳，有件事想跟你講。」

終於來了。又要託我在輪休日幫忙調查了。

「有人問你想不想相親，意下如何？」

「相親？」

「對。」

「誰問的？」

「就是三丁目的佐東太太嘛。那位太太很喜歡幫人作媒。」

三丁目的佐東太太，那麼就是佐東藥局的老闆娘了。

「這一帶有不少人都是經由她牽線而結為夫妻的唷！」

「謝了，請幫我鄭重拒絕。順便幫忙帶句話，千萬別介紹別人家的寶貝女兒嫁給刑警。」

「可是，警察是公務員呀，應該挺有女人緣的，不是嗎？」

「奶奶知道我們隊上那些學長的離婚率有多高嗎？半數都離婚了耶！」

儘管各行各業都有不為人知的一面，但是警察眷屬特別辛苦。尤其一旦當上刑警，形同從此展開了不分晝夜的生活，然而這麼長的工時卻沒有同步反映在薪資上。

「頂多是個鐵飯碗罷了。」

「如今這個時代，能端上鐵飯碗可是再好不過嘍。」

「也許吧。不過，我現在還沒有結婚的打算。剛剛升上刑警，只是個新手，沒有多餘的精力去守護自己的家庭。」

「這麼說也有道理。」奶奶露出微笑。「那麼，這回就婉拒她的好意了。」

太好了，今天似乎沒要我幫忙調查事情。我把奶奶煎的高湯蛋捲送進嘴裡，真的很好吃。

「我說，小淳哪……」

「嗯？」

該來的還是來了。

「你知道對面經營拉麵店的政田家吧？」

「喔，政拉麵，我知道。」

以前住在這裡的時候還沒有那家店，聽說是五年前左右開的。

「政田家怎麼了嗎？」

「這個嘛……」

奶奶忽然多了幾分愁容。我很少看到她露出這種表情，吃了一驚。不論何時何地看到奶奶，總是一臉笑咪咪的。

「這件事或許不該找小淳商量，但實在太不可思議，令人毛骨悚然，不知道該怎麼解釋才好，所以才想說給你聽一聽。」

「不可思議、毛骨悚然？」

奶奶點了頭。這可能是我第一次看到皺起了眉頭的奶奶。

「發生什麼事了？」

「大約一年前，政田家那位爺爺過世了。」

「嗯。」

「最近，他們收到信了。」

「什麼信？」

奶奶的身子抖了一下。

「那位過世的爺爺捎來的信。」

我不由得放下了筷子。警察的業務範圍應該不包括靈異現象的諮商吧。

吃完早飯洗了臉，告訴奶奶我去問問情況。才剛踏出家門，忽然有人叫了我，還伴隨著迴盪在旁邊那條仲街之間充滿活力的腳步聲。

「小淳刑警！」

「喔，早！」

住在我家後面那棟立花莊的翔哉穿著棒球隊服飛也似地跑了過來，朝我腰際輕拍一下。對喔，今天是星期六。他肩上背著一只塞得滿滿的運動背包。

「工作嗎？辦案嗎？」

他閃著晶亮的眼神問我。我明白他的心情。假如我讀小學時附近住了個刑警先生，也會和他一樣充滿好奇。

「不是，今天輪休，要去政拉麵辦點事。」

「不是辦案哦？」翔哉轉正了身子說，「原來是去勇人家。」

「勇人是誰？」

「政田勇人。」

對，政田家好像有個男孩。

「和你一樣上六年級嗎？」

「不是，他是五年級。不過我們住得近，又是同一隊的。」

「同一隊？」

「小淳刑警，你行不行呀？看我身上穿的就曉得啊！」

「哦，一時失察。」

之前好像聽過他加入少棒隊，隊名似乎是「花開噴射機」。

「對了，我記得你是第四棒的三壘手。」

「這樣才對嘛！勇人還不是先發主力，差不多是三號投手。」

原來他的守備位置是投手。我得把握這個遇到翔哉的機會。接下來去政田家不曉得要商量什麼事，能夠盡量蒐集對方的訊息再好不過了。

「你常和勇人聊天嗎？」

「那還用說！我們住那麼近。等下就可以看到他出門了。」

「他個性如何？」

「他哦……」翔哉點點頭。「算是比較安靜吧。投手應該更強勢一點比較好。」

安靜的男孩。又得到一項情報了。印象中政拉麵的老闆氣魄十足，也許兒子的個性比較像媽媽吧。

「有沒有覺得勇人最近沒什麼精神，或是聽說他家裡發生什麼事了？」

話才問完，翔哉猛然抓住我的手，使勁把我拖進仲街裡。不愧是棒球少年，力氣真大。

「怎麼了？」

「小淳刑警該不會是去談那件事吧？就是『來自天國的信』那件事。」

來自天國的信？

「你也知道他爺爺寄信來的事？」

「噓！」翔哉伸出食指抵在嘴前。「講太大聲了啦！這件事不能讓人知道耶！」

我按照翔哉的指示，壓低了聲量。

「不能讓人知道嗎？」

「這還用問！萬一被班上同學知道他家收到死掉的爺爺寫來的信那就慘了。要是同學開始霸凌他，可就完蛋啦！」

翔哉的話有道理。

「可是，你知道這件事？」

「只有我一個人知道啦！勇人來商量，問我該怎麼辦。」

說到一半，翔哉急著看了一眼戴在他手腕上顯大的 G-SHOCK 手錶。

「啊，不好意思，我不可以遲到！總之，不能說出去喔。小淳刑警是警察，應該沒關係，但絕對不可以讓其他人知道喔！記得嚴守祕密！」

翔哉說完又伸出手指對我強調了一次。我還來不及點頭答應，他已經拔腿狂奔了。有時我不由得佩服這年頭竟有那麼機靈的好小子。

「好，我知道了。」

原來政田家的兒子勇人也知道家裡收到了爺爺的信。並且，勇人只找了要好的鄰居哥哥翔哉商量這件事。

政拉麵的主力品項是味噌拉麵。花開小路上還有另一家南龍拉麵店，那裡的主力品項是醬油拉麵。兩家店各據山頭，互有強項。

搬回這裡以後吃過一次，我覺得還算好吃。雖然沒有美味到令人拍手叫好的程度，但仍是讓人願意經常光顧的滋味。

我不是美食家，不過從小到大吃的是爺爺做的日式套餐。我認為日常飲食最重要的就是讓人吃來順口。即使不會讓人覺得特別美味，卻是百吃不厭的順口滋味。爺爺的日式套餐正是如此，一日三餐都吃它也不厭倦，甚至天天都想一吃再吃。

從這層意義來說，政拉麵的拉麵可以帶給人這種美好的感覺，可惜未必能和經營狀況打上等號。我有點擔心的是，開店前隱約瀰漫在空氣中的那股餿味。

這種氣味不會出現在高朋滿座或實力堅強的店家。我當上警察後，常有機會進入開始營業之前的餐廳。瀕臨倒閉狀態的餐廳真的會發出這種氣味。政拉麵還沒有到那麼嚴重的地步，只是讓我嗅到了一絲絲而已。

「勞你跑這一趟，真的非常抱歉。」

「您太客氣了。」

店裡有櫃臺座席，以及三張包廂桌席。我坐進其中一個座位，喝了一口老闆娘端來的茶。原本忙著備料的老闆進去後方的起居空間，隨即拿著一個盒子走回來。

「不好意思，打擾您備料了。」

「別這麼說，我們才該道歉，麻煩你了。」

老闆的頭上裹著毛巾，身上的T恤也被汗濕透了。拉麵的備料工作真的很辛苦。

奶奶告訴我的情報是，老闆是政田英彰先生，年約三十五前後；老闆娘是多佳子太太，聽說和丈夫同歲。這家店是英彰先生的父親創立的，也就是已逝的周三爺爺。周三爺爺以前在別的地方開拉麵店，後來因為某些因素才搬來這裡。英彰先生原本是白領階級，搬來這裡以後便辭去工作，和父親一起打理這家店。英彰先生是由周三爺爺獨自一手拉拔大的。奶奶知道的就是這些了。

「真不好意思，找你商量這件怪事。」

老闆娘多佳子太太身材嬌小，一頭短髮。雖然嬌小，但是笑容中透著滿滿的正能量，感覺相當親切。任何人見到她，都會覺得她是拉麵店的老闆娘。

「聽說家裡收到了令先君的信？」

夫妻倆一齊點了頭。英彰先生揭開了拿來的那個盒子的蓋子。原本是鞋盒。

「都在這裡了。」

盒裡擺著幾只信封。那是在每一家文具店都買得到的式樣最簡單的白色長方形信封。那種樣式實在太簡單了，反而最近很少看到人用它。為求慎重起見，我掏出了工作上使用的白手套，兩人頓時緊張得身體僵硬。

「請別緊張，這只是預防措施而已。」

我笑著安撫他們。這並不是一起案件。不過，過世的人寄信來，很明顯地事有蹊蹺，若是與犯罪有關，這些信最後將成為呈堂供證。

「借看一下。」

我取起其中一封。收件地址的確是這裡。書寫工具應該是細字簽字筆。收件人是「政田英彰先生」和「政田多佳子女士」兩位並列。翻到後面一看，只署名「政田周三」。要是寄件地址寫的是「天國」，收到信時應該會嚇昏了吧。

「這個字體很明顯是手寫的，請問是周三爺爺的筆跡嗎？」

英彰先生抿了抿嘴。

「我們和留在家裡的文件對照了一下。不是什麼正式的文書，只是寫壞了沒寄出去的賀年卡，還有想菜單時隨手寫下的筆記而已。」

「可是，真的和公公的字很像！」

「是嗎？」

我朝信封封口吹氣撐開，從裡面取出便箋。這同樣是再普通不過的白色便箋。我攤開折成三等分的那封信。

「大家都好嗎？我呢，已經死了，可以說是介於好與不好之間吧。勇人呢？有機會成為主力球員嗎？話說，勇人是個安靜的孩子，別老在他旁邊搖旗吶喊的，免得他反而變得畏畏縮縮的。這孩子和英彰不一樣，心思細膩得很，由著他的速度慢慢來就好。英彰啊，我知道你向來努力，但別把自己逼得太緊了。做出來的菜就是愛的結晶，拉麵也一樣。如果沒有抱著一顆想讓客人嚐到佳餚的心，可是熬不出美味的湯頭喔！也許日子過得苦一些，但身為一家之主，你必須盡量放寬心，偶爾帶全家人出門走走。只要有健康的身體，什麼難關都能度過。多佳子，跟著這個頑固的男人過日子，辛苦了。不過為了勇人好，還是得笑口常開喔。妳的笑容比靈丹妙藥更有效。請成為英彰最堅強的後盾。就這樣了。突然寫信來，不好意思哩。就這樣嘍。」

我不由得沉吟起來。內文和封套上的字跡相同，看起來也是用同一支簽字筆寫的。而且寫到最後還有點斷墨分岔，可能是使用已久的筆吧。

「這確實是一封信。」

我這句話是多餘的。信的確寄到了家裡。我皺起眉頭。多佳子太太開了口。

「這完完全全是公公說話的口吻！才看了幾個字，腦海裡就浮現了公公說這些話的聲音。」

英彰先生點頭同意多佳子太太的感想。

「真的一模一樣！簡直就像老爸在眼前講話似的。說來丟人，把我給看哭了。」

或許如他們所說的。很慶幸爸媽和爺爺奶奶都健在，假如有一天爸爸過世之後家裡收到了這樣的信，比起疑惑和恐懼，最先湧現的情感應該是欣喜與思念吧。

話說回來，一個是沒有血緣關係的外人看到這種信，只覺得驚慌戰慄。值得感謝的是內容滿是對家人的關懷。字字句句洋溢著一個爺爺對家人的擔憂。如果不考慮信的來源，這一點倒是相當暖人心窩。

「這不是唯一的一封吧？」

「對。」

盒子裡還有兩封。

「總共三封嗎？」

「是的。都是類似的內容，寫著去迪士尼樂園玩的事，還有從前的回憶。」

我點著頭，再拿起一封打開來看，確實如此。信裡的話大同小異，都是勸英彰先生不要太執著於工作，不要把勇人逼得太緊，全家人和樂融融過日子就好。

「上面寫著爬山時受傷的事，是真的吧？」

「當然是真的！」

多佳子太太點了頭。信裡清清楚楚地寫著非常隱私的、只有家人才知道的事，並且是周三爺爺本人的筆跡。我檢查了信封上的郵戳。

「神田南神保町？」

這封信是從東京的神保町寄出來的。

「您們在那地方有房子嗎？」

兩人都一股腦地搖頭否認。

「我們和那個地方沒有任何關聯。去倒是去過，可是沒有留下什麼特別的回憶。」

「周三爺爺也是如此吧？」

英彰先生點了頭。

「老爸出生在這個小鎮，連一天都不曾住過東京。」

「有親戚住在那邊嗎？」

夫妻倆互看一眼。

「好像有幾個親戚吧。」

「是呀。」

他們繼而解釋，可是那些親戚並非住在神保町一帶，也沒在那邊上班。換言之，政田家與那地方確實毫無地緣關係。我不禁再次沉吟。

「老闆、老闆娘。」

「請說。」

「一開始聽奶奶告訴我這件事時，一度懷疑是靈異現象，但並不是。」

「真的不是靈異現象吧？」

多佳子太太激動得探出了身子。

「靈魂總不會貼郵票寄信吧？」

「我也這麼覺得。」

即使退一萬步，世上確實存在能夠寄信的靈魂……。

「就算是靈魂寄來的，應該不會郵寄，而是悄悄地擺在桌上。既然採取的是投進郵筒裡寄送的方式，就表示……」

這絕對是人類的行為。除此之外，沒有第二種可能性。不管是在人世間或是另一個世界，哪裡找得到一個循規蹈矩付錢買郵票的靈魂呢？

「刑警先生，可是確實是老爸寫的，別人應該沒辦法模仿得那麼像啊。從筆跡到內容，統統挑不出毛病。」

「問題就在這裡。」

我雙手抱胸，瞪著信看。這問題真棘手，說不定比命案更難破解。

「收到這些信之後，家裡應該沒有發生其他怪事或者招來什麼麻煩吧？」

「目前為止沒有發生其他狀況。」

多佳子太太用力點了頭。

「那麼，請特別留意一下。假如發生任何不對勁的情況，請隨時通知我。這些信暫時借用，我再詳讀一遍，仔細思考。」

「啊，小淳哥哥！」

「喔，是奈緒！」

我抱著鞋盒步出政拉麵時，奈緒表妹恰巧經過店門前。她看看我，又瞧瞧政拉麵的店簾，倩然一笑，歪著腦袋問我：

「剛吃完政拉麵？現在還沒開門做生意吧？」

「不是，辦點事。」

這件事恐怕不方便告訴表妹。翔哉再三叮嚀了，這件事要是傳開來就糟糕了。

「剛剛辦完奶奶吩咐的事。妳去了哪裡？」

她露出笑靨如花地點點頭。

「給北斗送了東西。」

松宮電子堂的北斗是奈緒的男朋友。聽說奈緒的父親——隆志舅舅認為，在北斗能夠獨當一面之前不同意他們結婚。其實兩人都還年輕，不必急於一時。奈緒才二十一歲。

「北斗在家？」

「在呀！」

奈緒臉上無時無刻都掛著微笑，每一次見到都覺得這女孩輕輕柔柔的，可愛得像一團棉花糖。而且她從小記憶力過人，親戚都稱讚她是神童。

「妳來這裡吃過吧？」

「當然吃過！」

「妳認識過世的那位爺爺嗎？」

「嗯。」奈緒點了頭。「爺爺非常和藹，總是笑咪咪的。去吃拉麵時，他總是在碗裡多放一顆蛋給我。爺爺也常來我們餐廳吃咖哩。」

「這樣啊。」

周三爺爺在世時十分和善，其為人處世在信中的字裡行間顯露無遺。奈緒的話證實了這一點。奈緒望著政拉麵，臉上透著幾分悲傷。

「爺爺的葬禮我也去了。真讓人擔憂爺爺不在了以後，這家店還能不能經營下去。」

「為什麼？」

這家店不是已經由周三爺爺的兒子，也就是現任老闆接手經營了嗎？

「問題出在備料上。」

「備料？」

「以前備料工作應該是由爺爺一手包辦的。那時英彰先生當然都在一旁幫忙，但是我爸爸也很擔心他現在能不能維持原本的味道。」

原來還有這層疑慮。

「實際上呢？味道比以前差嗎？」

奈緒嘟了嘟嘴巴。

「我覺得應該沒有變差，可是……」

「可是？」

奈緒歪著頭，似乎在考慮該怎麼解釋才好。

「常客在這方面要求特別嚴格，尤其是下一代接手之後，更會挑剔是否走味了。所以，倘若只是維持原本的味道，有些老主顧反而覺得比不上從前的滋味。」

奈緒抬眼望著我，以眼神問我懂嗎？

「原來如此。」

我大概明白她的意思了。也就是老客人對於一家店傳承的味道格外講究。

「所以我爸爸也說，他們目前的經營狀況有些困難。」

「是哦。」

我的第六感準確無誤。店裡確實瀰漫著些許的餿味。

奈緒湊向我，小聲說：

「有什麼狀況嗎？」

「沒事。」

我告訴她沒有任何問題。

「不過，不要告訴任何人我問了很多關於這家店的問題。」

「嗯！」

奈緒點頭，朝我豎起大拇指，笑容燦爛。用不著擔心。奈緒是我表妹，一定會守口如瓶。這女孩長得可愛又追求時髦，或許看起來靠不住，其實極富正義感。這或許也是她和北斗心靈相通的關鍵之一。

「喔，赤坂學長！」

松宮電子堂後門的倉儲區，噢，或者說是祕密基地更為貼切。男人來到這地方，不免被勾起了童心。看到堆放滿地的報廢機器，心情格外雀躍。

「不好意思，打擾工作了。」

「不要緊，請進請進！」

北斗說，幾位鄰近的老人家不久前還在這裡聊天，剛剛才離開，散步去了。老人家真早起。

「學長今天又是輪休嗎？」

「喔，對啊。」

每次來到這裡都是輪休日。

「我剛才遇到了奈緒喔！她說來過這裡了。」

北斗笑得有些無奈。

「她幫我送飯。」

「送飯？」

「她最近都幫我做午飯送過來。」

北斗補充，今天要外出，所以她提早送過來。原來是這麼回事。

「真羨慕。」

北斗難為情地笑了笑。他和奈緒真是一對契合的情侶。

「今天找我有什麼事嗎？」

「嗯……」

我已經瞭解北斗是個值得信任的男人了。但這件事畢竟不能輕易說出去，只好繞著圈子旁敲側擊。

「最近聽說了關於一丁目那家政拉麵的消息嗎？」

北斗撩起長長的劉海，歪著腦袋想。

「差不多一年前，那家的爺爺去世了。」

「嗯，這個我知道。」

「聽說經營狀況不太樂觀。」

果然沒錯。這正好佐證了奈緒的話。

「是不是因為爺爺過世以後拉麵的味道變差了，所以客人也跟著變少了？」

「我覺得不是！」北斗說得斬釘截鐵。「我，超愛吃拉麵。」

「是哦？」

「花開小路上的拉麵店只有政拉麵和南龍拉麵，兩家這幾年都保有相同的味道。況且在這不景氣中，他們既沒有改用次級的食材，也沒有漲價，很努力地咬牙苦撐。」

難得見到北斗說話如此擲地有聲。看來，他真的很喜歡吃拉麵。

「這麼說，政拉麵已經盡力了，但來客數還是減少，老闆為此感到內疚嘍？」

「嗯。」北斗點了頭。「政田老闆接班之後非常努力。我也聽說了他為此非常煩惱。他也是『花開小路商店街接班人聯誼會』的成員，所以大家時常聊起這些話題。」

原來這條商店街還成立了這樣的聯誼會。北斗也是這家店的第二代接班人。這麼說來，爺爺的店赤坂食堂沒有接班人。爸爸一直是公司職員，沒有回來接手的打算。

北斗微微皺眉。

「政田老闆那裡，出了什麼事嗎？」

「沒事。我不方便講太多，只是有點事找上我家奶奶商量而已。」

只透露到這個程度應該不礙事。

「不過，依我判斷，應該不是什麼大問題。」

「是哦。」

「如果後續又聽到了關於政拉麵的消息，麻煩告訴我。」

「好的。」

北斗點頭答應。

「大家好。你們或許覺得，死都死了，還三天兩頭來煩人。沒辦法，我就是這個杞人憂天的脾氣，

多多擔待吧。店裡還好吧？英彰的個性我最明白，味道絕不會走樣。不過，偶爾還是得聽一聽家人的意見喔。你得讓勇人和多佳子試吃，聽聽他們的感想。你要虛心請教，不能半開玩笑地隨口問問喔！拉麵的味道最重要就是得讓人天天吃都吃不膩。至於有沒有走味，家人再清楚不過了。英彰或許沒發覺，勇人的舌頭特別靈！是真的！我不是寵金孫，也沒騙人。帶他去迪士尼樂園玩固然是好事，但那不是唯一讓小孩高興的法子。和和氣氣地陪著勇人一起吃碗親手煮的拉麵，再問問他好不好吃。如果勇人開心地笑著說很好吃，一切就沒問題了。什麼都不必擔心。家人是世上最重要的，世上最重要的就是家人了。這件事你可得牢牢記在心底哩！」

「大家好。我待在這裡閒得發慌，忍不住懷念起過去天天忙著備料的日子。人活著的時候就得認真工作才行。多佳子的腿好些了嗎？算算時間，又是舊傷開始痠痛的季節了吧？那次爬山很開心，可惜害妳受傷了，我心裡一直深感抱歉。要是出發前做了更周詳的計畫就好了。人啊，最不該做超過限度的事了，挑戰自我倒是無所謂。不過英彰太急於挑戰自我了，得悠著點。勇人好嗎？你們當爸媽要知道這孩子膽子小，事情都悶在心裡不敢講。他的個性和英彰不一樣，但是不一樣並不代表他不好呀。人人各有各的個性，是不是？不要認為兒子就得樣樣都和自己相同。就拿我和你來說吧，像嗎？長相也許神似，性格可就不一樣嘍。我說的就是這個道理。試試看盡量放輕鬆，平心靜氣過生活，懂了嗎？」

我回到二樓自己的房間，坐在桌前再一次逐字詳讀了這三封信，並與借來的爺爺手寫筆記交叉比對。

「看起來的確是相同的筆跡。」

當然，只要送到局裡進行筆跡鑑定就可以知道是不是同一個人的筆跡，但是目前還不構成犯罪要件，沒辦法那麼做。

「目前還嗅不出犯罪的氣息。」

可以肯定的是，這是某人傳達的訊息。既然是信件的形式，很明顯地是做為傳達訊息之用，但我的意思是這並非惡作劇，而是有其明確的意圖。藉由親筆信，刻意安排了由已逝的父親寄信回家的情境來傳達訊息。

「那麼，為什麼要這麼做呢？」

正在思考時，奶奶的聲音從樓梯底下傳了上來。

「小淳——」

「我在——」

不久，奶奶拉開隔間拉門，探頭進來。

「奶奶，什麼事？」

「權藤先生來吃午飯嘍！」

「喔，我馬上下去！」

看了錶，才剛過十一點。權學長該不會又藉口提早吃午飯，其實是來這裡偷閒的吧。雖然很感激經常上門光顧，可是目睹前輩上班偷懶的現場實在有點尷尬。

對了，可以請教權學長！我衝下樓梯跑進店裡，權學長放下手裡的報紙瞥了我一眼。

「急什麼？我又沒帶禮物送你。」

「權學長！」

「幹嘛？」

「方便到我房裡吃飯嗎？」

權學長聞言，右眉陡然挑高。

「原來有這麼回事。」

權學長端起薑絲肉片套餐的大碗白飯扒了一大口，頻頻點頭。他忽然把筷子換了手，拿起一張信紙向著窗子透光端詳。

「的確有蹊蹺。這事不好辦，就算立案調查也不為過了。」

「您也這麼認為吧？」

「話說回來，你這傢伙還真勤勞，連輪休日都忙著查案。」

「我又不是自願的！」

權學長沉吟半晌，放下信紙，挾起一口薑絲肉片送進嘴裡，邊嚼邊打量著信紙。

「這要真是從天國來的信，應該是神不知鬼不覺間冒出來才對吧。」

「就是說啊。」

「你說得對，靈魂不會特地貼上郵票。如果要讓人當真，就不會貼上郵票，而是想辦法直接擱在家裡的某個位置，再不濟也該扔進信箱裡。所以這顯然是活人幹的好事！」

他呲溜呲溜地灌下幾口味噌湯。

「赤坂，不過呢……」

「請說。」

「做這事的人特地貼上郵票寄送過來，不覺得奇怪嗎？」

「啊！」

權學長指出了重點。

「您說得對！」

「怎麼想都不對勁。要做這種騙人的勾當得有天分，像個詐欺犯才行。只要有參考範本，筆跡可以模仿得唯妙唯肖，但是沒天分的傢伙再怎麼練習也模仿不來。」

「為了讓人以為是靈魂寄來的信，規劃了那麼巧妙的佈局，還刻意模仿筆跡假裝是爺爺寫的，卻在這個步驟上功虧一簣。」

「就是這個！」權學長手中的筷子指向我。「你不覺得似乎有某個身分不明的傢伙策劃了這件事，並且刻意讓人察覺出這項破綻，藉以達成某種目的嗎？」

「對！」

我點了頭。確實如此。權學長不愧是經常與詐欺犯和竊盜犯打交道的高手。

「想達到這種效果，必須得到家人或相關人士的協助。」

「我也發現這一點了。」

政田老闆和老闆娘同樣提到了這些信很明顯的是其父親或公公的口吻。依此推論，寫下這幾封信的人一定是非常熟悉周三爺爺的人。

「問題在於做這件事的人，最終的目標是什麼。」

吃完飯的權學長放下筷子，合掌表示吃飽了，再從胸前的口袋掏出菸來。

「只要能夠找出這個理由，整件事應該就可以釐清了。」

「我也這麼認為。」

寄來這些信的人，究竟想要傳達給政田家什麼樣的訊息呢？

我們兩人面面相覷。

2

位於河岸邊的鎮立運動場。

藍天下，花開小路噴射機隊的小球員們正在競相追逐那顆白色的球。球棒的敲擊聲，小朋友們稚嫩的加油聲，以及在附近玩耍的孩童們發出的嘻笑聲。拂過河畔的徐風。

「嗯。」

真舒服。整齊除割過的草坪，一片生機盎然的青翠，我坐在堤防上享受這滿眼的綠意。如果沒有那件事，這就是度過休假日最正確的方式了。和煦的陽光暖暖地灑在身上。早知道就帶罐啤酒來了。

我喜歡棒球。升上中學時一度考慮過參加棒球校隊，但又無法割捨從讀小學時學習多年的劍道，最後還是加入了劍道社。

我問了奶奶，花開小路噴射機隊通常在哪裡練習棒球，奶奶馬上告訴我了。看起來應該是和其他地方的隊伍進行練習賽。我正想找找看翔哉在哪裡，恰巧瞥見他走進打擊區。

「嘿！」

不愧是第四棒打者。還只是小學生，但動作非常到位。第一球、第二球都維持完美的姿勢謹慎選球。很好，選球非常精準。到了第三球終於揮棒而出。

「哇！」

球飛過左外野手的頭上，敲出一支安打。他立刻全速衝刺，最後完成了三壘安打。真可惜，他的跑速並不算快。如果是個飛毛腿，一定能輕輕鬆鬆跑回本壘，成為全壘打。

「翔哉，有你的！」

他以後會成為職棒選手嗎？如果升上高中後進軍甲子園的話，我非得到場為他加油不可。

接著，我尋找勇人的身影。

我並非抱著好玩的心態，而是遵照權學長的建議，秉持著面對疑似犯罪案件的態度審慎處理。

也就是說，必須找出是誰洩漏了只有家人才知道的隱私。

政田家只有三名成員，尚未排除可能性的只剩下勇人了。我不知道他的長相，但是翔哉說他是投手。

假如政田家的個資確實外洩，極有可能是從勇人這個管道流出去的。

我看了計分板，第三局上的比數是八比六。看來兩隊打擊互有領先，並且會進入拉鋸戰。這是我第一次看少棒賽，不曉得這樣的比數是否司空見慣。我估計身為三號投手的勇人應該即將上場了。

「咦？」

我看了看花開噴射機隊的休息區，忽然有張熟悉的面孔映入眼簾。

「那不是向井嗎？」

向井是我的高中同學。對了，他以前是棒球校隊的。可是，為什麼會在休息區裡呢？

「嘿，真的好久不見了！」

我和向井一起坐在休息區的長椅上，他目不轉睛地看著球場，開心地歡迎我的到來。

「今天不巧，球賽結束後要開家長後援會和敦睦交流會，下次找時間喝兩杯！」

「好啊。」

我和向井在高中二、三年級同班。雖然那時沒有特別要好，但是同樣屬於運動社團。遇到時頂多互相問候一下最近狀況如何、這次的大賽能不能被列入正選名單之類的簡單交談。還有，印象中曾和他以及幾個同班同學一起去唱過兩三次卡拉OK。

母校的球隊雖然最後沒能站上甲子園球場，但在我們那個年代，也就是向井身為正規球員的時期，我們校隊曾經打進縣市預賽的決賽，只差一步飲恨落敗。我那時拍了拍向井的肩膀，慰問了一句「真遺憾」。

「我上大學後也繼續打棒球，不過表現差強人意。」

向井一面仔細觀察著小球員們的守備狀況，一面笑著告訴我。他畢業後進入本地一家大型電子相關企業上班。那是縣內屈指可數的大型企業，連我也有所耳聞。他也加入了公司的球隊，可惜肩膀受了傷，難以恢復到原本的水準。

「我的位置雖然不是投手，但是肩膀受傷以後變得很吃力，總不能每次都找人代打吧。」

就在那時，一位親戚老伯問了他願不願意接下這支球隊的教練一職，說是前任教練已是高齡，體力難以負荷了。

「反正我就住在隔壁鎮上，搭電車過來只要十分鐘，甚至從家裡騎腳踏車到這裡也沒問題。」

「說得也是。」

向井下達指令時絕不粗聲吼叫，還會安慰那些小球員，給他們打氣。他指導的方式讓人非常舒服。那些小球員也個個笑容滿面，不時認真地聆聽向井的建議。

高中畢業至今將近十年了。大學畢業後開始工作也是五年前的事了。班上的同學各別走在自己的路上，有機會像這樣重逢很令人高興。

「沒想到你當了刑警。」

「可別叫我幫你銷紅單哦！」

「知道啦！」

兩人都笑了。比賽已經進入第七局。我今天才知道原來少棒的第七局就是最後一局。站在投手丘上的是三號投手的勇人。他不負三號投手的聲譽，使出全力擲球。控球技術似乎不錯。

我心想，勇人似乎長得比較像媽媽。

他的表情太帥了。果然認真的男生最帥氣。我又一次體認到，找到值得全心投入的人生目標，真的很重要。

「你覺得那個男孩怎麼樣？」

我問了向井。他兩手抱胸，點了頭。

「唔，還不差。不過，也許不太適合當投手。」

「是哦？」

「控球力不錯，所以目前讓他當投手，但是等到讀中學進入校隊以後，也許轉為內野手比較適合。」

原來是這個理由。

「現在讓他當投手還有另一個原因。」向井苦笑。「他爸爸要求非讓他當投手不可。」

我點頭表示明白了。以前聽過像這種地區性的少棒球隊，家長的意見具有相當大的影響力，而教練在這方面不得不格外費心安排。

「向井。」

「嗯？」

「比賽結束以後，有點事想確認一下。」

聊完之後，向井託我順道幫個忙。他說，今天收拾完場地之後就會讓小球員各自回家。適逢星期六，多數孩子都有爸媽來觀賽，但是翔哉和勇人的家長都沒來。太陽還高掛天空，從這裡走回花開小路大約僅需要十五分鐘。

「還是請你陪他們一起回去吧。」

在向井的託付之下，我和翔哉、勇人悠閒地走在回家的路上。

「小淳刑警，去過勇人他家了嗎？」

「去過囉！」

翔哉小聲地對勇人說了幾句話。勇人邊聽邊點頭。

「那些信，有結果了嗎？」

「這個嘛……」

該如何回答才好呢？

「我認為的確是某個人寫來的信。」

「就是說嘛！」

翔哉一股腦地猛點頭。奶奶說過，翔哉是個非常體貼的男孩，知道媽媽工作忙，總會主動幫忙家務，而且從好幾年前就懂得一個人乖乖看家了。

住在那棟立花莊裡的孩子們之中，翔哉稱得上是特別獨立自主的小男生。

「勇人，我問你。」

「嗯？」

「你看過爺爺寄來的信了嗎？」

我用輕柔的聲音詢問。和小孩接觸時，必須面帶笑容，聲音輕柔。這是警察的基本原則。但是，在詢問的過程中，必須非常仔細觀察其臉部的表情變化與所有的小動作。

「看過了呀！」

勇人抬頭望著我，咧嘴一笑。那張笑臉沒有絲毫猶疑或邪念。

「看的時候有什麼感覺？」

「呃……」勇人歪著腦袋瓜想了想。「我覺得很像是爺爺在說話。」

「噢，你覺得很像是爺爺寫的嗎？」

「對呀，超像的！」

翔哉聽著我們的對話，視線在我和勇人身上來回移動。

「小淳刑警，一定要保密喔！」

「我知道，絕對不會告訴任何人。」

「那就好！」

翔哉點點頭。

既然受人之託，就得安安全全地送回去。我親眼看著兩個小朋友各自進入家門，這才走向花開小路二丁目。

我腦中有個隱隱約約的想法逐漸成形。最快的方法當然是直接請教政田老闆，卻又擔心這種做法會引發不必要的風波。

如果是犯罪案件，就不必有太多無謂的顧忌，但這並不是犯罪案件，而只是鄰居的煩惱。我拐過二丁目的轉角，走向松宮電子堂的後門。自己好像養成了習慣，每當想探聽這一帶的情報，找北斗準沒錯。

「午安！」

我問候了一聲。北斗正在修理一台機型相當老舊的微波爐。

「喔，學長好！」

「可以佔用一點時間嗎？」

「沒問題！」

北斗笑著答應，我也就不客氣了。

望著北斗打從心底流露的敦厚笑容，我終於明白附近的長輩們為什麼總喜歡來到這裡了。在這裡可以不受旁人干擾，盡情享受舒心的閒暇。

「我想問一問政田家的事。」

「請說。」

北斗點了頭。

「在周三爺爺過世之後，是否曾經請你幫忙修東西或是其他的委託？」

「委託修繕……」

「不管是大大小小的委託都可以。」

我聽說松宮電子堂不光是販售電子產品，其營業項目可說是包羅萬象。奶奶提過，北斗甚至曾經幫忙偵測過竊聽器。

「我想一想……」北斗抬頭望向天花板，搜尋腦海中的記憶。「啊！」他猛然想起什麼似地，在鍵盤上敲打一陣，電腦螢幕隨即跳出了某種表單。

「小淳學長！」

「怎麼了？」

北斗指著螢幕。

「事隔太久，我差點忘了。政田家的勇人曾經給家裡跑腿，來過一趟。」

「跑腿？」

表單上的確出現了政田家的姓氏。

「我們店裡也可以幫忙顧客復原電腦的檔案。不過畢竟不是專家，能力有限。」

說自己並非專家是過謙了。我聽過很多人提過，不論大小機器有任何故障，只要到北斗手裡，沒有修不好的。這項本領令人有些羨慕。

「既然可以復原檔案，也就順便接下資料拷貝的工作了。」

「拷貝？」

「就是把以前的錄影帶燒成ＤＶＤ。現在還滿多人需要這項服務的。」

「哦，說得也是。」

確實如此。我家也保存很多小時候由爸爸和媽媽拍攝的生活紀錄。那些錄影帶現在已經沒辦法看了，因為用來播放的錄影機都壞了。爸爸每隔一陣子總會提起，打算把那些錄影帶送去燒錄成ＤＶＤ。

「三個多月前吧，勇人帶了錄影帶來，說是爸爸讓他拿來請我轉成ＤＶＤ。片長不到三十分鐘，我幾乎是以成本價幫忙轉錄的。」

很好，也許在這裡可以找到破案關鍵。

「他送來的錄影帶，只有一支吧？」

「是的。」

「你還記得裡面錄了些什麼嗎？」

「當然記得。」北斗點了頭。「裡面錄到了爺爺。」

「還有勇人吧？」

「對。」

錄影帶中的爺爺也就是政田英彰先生的父親，政田周三先生。

「那支錄影帶的內容，你應該沒存檔吧？」

「存了！」北斗很爽快地點頭承認了。「原則上，委託拷貝的資料會存檔一年。」

有檔案。既然如此……。

「北斗。」

「請說。」

「那些拷貝的檔案當然不能擅自給委託客戶之外的人看，不過，你可不可以幫忙找出檔案，在螢幕上點開來檢查一下那個存檔是不是還在呢？」

北斗直視著我，思索片刻，露出一抹促狹的微笑。

「由我自己現在檢查一下就可以了吧？」

「對對對！」

「小淳學長在輪休日到處走訪，表示這並不是正式查案，而只是古道熱腸嘍？」

「那當然！」

「那麼，單純檢查一下存檔還在不在，應該沒什麼問題。我看看檔案在哪裡……」說著，他移動滑鼠點了幾下，螢幕上立刻出現了影片。

「啊……」

我不由得浮現了微笑。這一定是勇人還是小寶寶時拍下的影片。螢幕上映著一個圓嘟嘟的小寶寶，接著傳來幾個人交談聲。

英彰先生的聲音、多佳子太太的聲音，以及……。

「我是爺爺唷！」

周三爺爺滿面笑容地看著還是小寶寶的勇人，抱起他，對他說話。

「嗯！」

我不禁點了頭。沒錯。那些信裡的口吻就和影片中說話的語氣如出一轍。難怪英彰先生會說讀信時忍不住嘴角上揚。

「確實如此。」

被我猜中了。

我可以感受到自己的大腦正在全速運轉，就像電腦硬碟的高速運轉一樣。

這一剎那，倏然感受到腎上腺素瞬間進入血液。我果然是塊當刑警的料。

明知不應該，但真令人雀躍。

神保町。

上大學時，東京算是我的活動範圍，自然也來過這裡。其實我挺喜歡二手書，也許是更喜歡古書店的懷舊氛圍。

「大概是在老房子裡長大的緣故吧。」

我對老東西特別有親切感。雖然去過住在現代化大廈的朋友家玩，卻總是待不久。

就因為這樣，我和女朋友分手了……噢不，也許是被甩了。我並不討厭時尚流行。好歹也是年輕人，對這方面難免有興趣，也會基於好奇而試穿試戴，然後買下來。

可是，怎麼穿、怎麼戴就是渾身不對勁。這種感覺進而擴及女朋友很想去的質感咖啡廳、陳列著風格設計的傢俱家飾品店，甚至是她為我精心擺盤的西式餐點。實在不懂那些東西好在哪裡。

我心想，自己真是不解風情。

結論就是如此。倘若是一個解風情的男人，應該能夠消化吸收任何設計風格，即使身上穿戴著那些東西、感受著那種氛圍，也不至於動搖自己的本質才對。就因為我辦不到，所以才和女朋友分手了。彼此的興趣是否契合，或者能否體諒對方的嗜好，對於年輕男女的交往影響甚鉅。

「心裡倒是沒有留戀不捨……」

相反地，由於分手以後我馬上當了刑警，所以對方應該會祝賀我實踐了自己的理想吧。縱使如此，獨自一人走在這條當年交往時曾經造訪過的街道，心底還是有一股說不出的微妙感覺。

更何況這連工作都不是。

……嗯，到了。

站在入口前，我抬頭仰望這棟大樓。美術專科學校。在神保町一帶找了一下，只有這唯一一所。

我想，應該錯不了。

情況證據。一般人比較熟悉的另一個說法應該是間接證據。依照其證據強度，分為幾個級別。不同部門或分局有各自的分類法，我學到的是三段級別。

A級的間接證據幾乎等同於直接證據，至於能不能取得檢察官簽發的拘票又另當別論，這裡只是單就現場的感覺來說，假如找到兩個以上的A級間接證據，極有可能就是真凶，通常會當場逮捕B級證據必須至少找到六個，才相當於A級證據的效力。若是C級，就必須找到十個以上才行。

假如能在這裡證實自己的推測……。

我推門而入，張望了一下辦公室在哪裡。還要往裡走才是辦公室。

「請問一下。」

這裡似乎沒有諮詢服務人員，只見一個正在打電腦的女職員停下手邊的工作，轉頭看向我。

「請問有什麼事嗎？」

她起身，走了過來。

「請問三家老師今天在學校嗎？」

「請稍待一下……」說著，她低頭查課表。「不好意思，三家老師今天沒課。」

我料中了。

三毛小姐的授課學校，果然就在神保町這裡！

「然後呢？」權學長握著咖啡杯喝了一口。「這樣就破案了？」

「大概吧。」

「什麼大概不大概的！既然你這麼認為，也就八九不離十了。消息都傳開啦，大家都曉得第一組來了個挺會查案的小伙子哩！」

「真的嗎？」

我不知道大家對我如此稱讚。權學長咧嘴笑著點了菸。這家位於警察局附近的 AMORE 咖啡廳沒有禁菸席，人人都說這裡充斥著濃濃的大叔味。

「你家老大蘆崎可是個一板一眼的人，從沒聽他稱讚過誰，但他逢人就說你的腦筋真靈光！」

「感激不盡。」

我為了證實自己的假設，把正好在局裡的權學長找了出來。如果權學長聽完之後點頭同意我的推論，那麼應該不會有錯了。

「話說回來……」權學長說道，「為什麼你認為寫下那些信的人，一定先看過錄影帶了呢？」

「政田老闆和老闆娘的話令我十分介意。老闆娘先提到『這完完全全是公公說話的口吻』，老闆也跟著說了『簡直就像老爸在眼前講話似的』。」

「什麼意思？」

「權學長也看了那些信，不覺得像是說話的語氣嗎？又不是年輕人，一般長輩不會寫出那種口語化的信，而是更加文謅謅的用字遣詞吧？」

權學長陡然拍了桌子一記。

「有道理！你說得對！所以你才會認為那些信……」

「就是這樣。所以我才猜應該是某個成年人參考了錄影帶中爺爺說話的口吻之後，寫下那些信的。」

在北斗讓我看的錄影帶中，周三爺爺的語氣和信裡非常像，幾乎可以說是完全相同。

「把錄影帶送去燒成DVD的是勇人。可以確定勇人和這件事脫不了關係。如果真的是他爸媽希望把家裡拍到爺爺的錄影帶燒成DVD，一定不止一支而已。爺爺和勇人相處的生活紀錄不可能只有短短不到三十分鐘的一支片子。」

「那當然。」

「也就是說，燒錄那支錄影帶是為了拿去給負責寫信的成年人做為參考。」

當我詢問勇人關於那些信時，他的反應十分平淡，也是這個原因。

「聽說勇人非常愛爺爺，那麼，應該會出現更驚訝的反應才對。既然他表現得若無其事，也就證明他必定知悉內情。」

「很有道理。」

勇人的球隊教練向井也提供了寶貴的證詞。

「教練說，每當爸爸來看勇人的比賽或練習時，他會變得畏畏縮縮的。」

「畏畏縮縮？」

「我猜，勇人的爸爸是一位嚴父。所謂的嚴父並不是指令人心生恐懼的那種，而是傾向於採用『提高鬥志！』『用力揮棒！』之類的打氣方式，希望兒子能成為一個堂堂男子漢。」

「哦——」權學長點頭。「原來是指那種嚴父。尤其是這種熱愛棒球的老爸，確實很可能用這種方式鍛鍊兒子。」

「然後，有個小朋友很清楚勇人承受的壓力，非常擔心，絞盡腦汁想幫助他。」

我猜，這個小朋友就是翔哉吧。不過，只憑他一個人的力量不可能做到如此完美的計畫，想必他是對外求助，請求外界幫幫勇人。

在翔哉身邊能讓他信任的人。

「外行人想要模仿筆跡寫信，難度非常高；但若是擅長設計或美術的人士，大概辦得到。經過縮小範圍之後，浮上檯面的人就是……」

權學長嘴角一挑。

「那個女孩？」

「對。」

為什麼那些信是從神保町寄出的，也得到解答了。

「所有的線索都兜上了。很好。雖然只有間接證據，已經相當充分了。」

「我也這麼認為。」

「可話說回來……」權學長面露納悶。「那個女孩愈來愈讓人摸不透啊。」

「您說得是。」

太高明了。

這一切都經過她巧妙的計算。包括政田家找奶奶商量，接著這件差事落到了我頭上。

她之所以刻意從神保町寄信，一定是算準我可以識破這一點。

我走進準備打烊的政拉麵，順便吃了一碗。滋味依然濃郁如昔。我等他們收拾告一段落，請二位在桌席落座，將那些信於桌面攤展開來。

「多佳子太太，英彰先生。」

「請說。」

兩人同時看著我回答。

「今天查了一整天之後，我有個感想，或許兩位不妨把這些當成是周三爺爺寫來的信。」

「什麼？」

看著我的兩人都瞪大了眼睛。

「看過這些信之後可以感受到，無論是誰寫了信，都是打從心底為勇人、多佳子太太和英彰先生擔憂與著想，不是嗎？英彰先生也覺得就像父親在眼前耳提面命吧。」

英彰先生輕輕點了頭。

「既然如此，不如欣然接受吧。」

「欣然接受……」

我把剛吃完的拉麵空碗端了起來。

「拉麵真的很好吃。我回到這條商店街之後，是第三次吃這裡的拉麵，依然和第一次吃到的時候一樣好吃。這不是鄰居間的客套話，而是由衷覺得這真是一碗美味又順口的拉麵。」

「謝謝你的讚美！」

多佳子太太笑著低頭致謝。英彰先生也開心地微微一笑。

「接下來想請教一件事，如有冒犯請多見諒。請問自從周三爺爺過世之後，上門的客人是不是變少了？」

英彰先生皺了皺眉，望向多佳子太太，兩人互看一眼才轉向我點了頭。

「我打聽了一下，大家都說這裡的拉麵依然保有原本的品質，因此絕不是英彰先生的廚藝不如周三爺爺，純粹是那些老客人的心理作用。」

「心理作用？」

「他們以為換了老闆，拉麵的味道恐怕大不如前。何況英彰先生原本是上班族，辭去工作後才回來店裡接手，並不是一直跟在周三爺爺身旁學習的，老客人難免懷疑就憑兒子這種半吊子功夫，能學到父親的真傳嗎？」

那些老客人並沒有惡意，僅僅是基於這個原因而已。人類是按照固定思惟而採取行動的動物。

「英彰先生分明已經竭盡全力，拉麵的味道也沒有變差，偏偏客人就是愈來愈少，再怎麼努力，生意還是不見好轉。請恕我冒昧說一句，在這樣的負向循環之下，是否也影響了您對兒子的教養方式呢？」

「我對勇人的教養方式？」

是的。

「我去看了勇人打棒球的樣子，他看起來非常開心，很享受打球的樂趣。兩位也都盡量抽空去看他練習和比賽吧？但是聽說每當爸爸到場，勇人就會變得畏畏縮縮的。」

「畏畏縮縮？」

英彰先生瞪大了眼睛看著我。這是別人的家務事，不該由我這個外人說三道四。站在刑警的立場，這屬於民事範疇——雖然這麼比喻或許誇張了些。

不過，我今天輪休。我現在不是以刑警的身分坐在這裡，只是一個住在花開小路商店街上的鄰居。

「這些信……」我拿起了擺在桌上的信紙。「確實是某人冒用了周三爺爺的名諱寄來的。但我覺得這個人的目的並不是惡作劇或是企圖做出觸法行為，而是打從心底擔心政拉麵、擔心政田老闆一家人……不，我相信必定是如此。」

我沒有任何直接證據，找到的全是間接證據。光憑這種等級的證據，根本無法逮捕嫌犯；即使提交審判，也無法贏得訴訟。

然而，我可以感受到構思這項計畫的人為了幫助政田家，有多麼煞費苦心。

英彰先生從我手中輕輕接過了信紙，又讀了一遍，接著抬頭看著我。

「刑警先生。」

「請說。」

「你知道犯人……或者說寫下這些信的人的真實身分，對不對？」

他的眼神沒有絲毫惱怒與懷疑，而是全然的平心靜氣，因此我不假思索地點了頭。

「對，但並沒有十足的把握，只是猜測應該是那個人。」

說實話，我覺得應該錯不了。

「我並不打算去當面對質。那個人之所以寫下這些信，完全是出自對於這家店、對於政田家的擔憂。」

「擔憂？」

「是的。就像小孩那般純真的心情。」

英彰先生微微點頭，輕輕地將信紙放回桌上，露出了微笑。

「原來如此。」他拿下頭巾，抓了抓頭。「莫非是……」他看著我，欲言又止，再次抓抓頭，不由得苦笑起來。「……我其實明白，我一直都明白！」他又強調了一次，「我明白自己把自己逼得太緊了。老爸死後，我告訴自己必須撐起這家店、必須撐起這個家，因此無時無刻都神經緊繃。還有……」說到這裡，他望向多佳子太太。「我也把這種壓力轉嫁到和我個性不同的勇人身上，要求他必須達到符合男子漢的既定印象。老婆為了這件事已經數落過我很多次了，她說應該尊重勇人保有自己的優點，可是我卻聽不進去。」

「我懂您的意思。」

當我還是個小男孩的時候，爸爸也曾對我有過諸多要求、有過許多期望。這是從古至今一再上演的父與子的戲碼。

「我想，勇人一定明白爸爸的用心良苦；就算現在還不懂，總有一天會明白的。」

「嗯。」英彰先生輕聲附和。「希望如此。」

「老公……」多佳子太太微笑著對英彰先生說，「勇人前陣子不是說過希望你研發出更清爽的拉麵嗎？他說現在的小朋友比較喜歡吃那種口味。」

「適合小朋友的口味……」

「是呀，勇人還說要帶大家回來。他想邀請整支球隊來店裡熱熱鬧鬧地吃拉麵。他還建議了不要只堅持做爺爺傳下來的味噌拉麵，也要做些小朋友喜歡吃的拉麵口味，還要在菜單上增加其他的附加餐點；另外再把那邊的包廂稍微改裝一下，這樣可以容納更多顧客。我覺得他的建議都滿好的。」多佳子太太指著桌上的信。「爺爺在信上就是提醒我們這些事，他讓你別再一個人扛著重擔，而要全家人一起撐起這家店！」

說完，她抬起手輕輕地搭在英彰先生的肩上。他也微微嘆氣，點了頭。

「小淳刑警。」

「請說。」

英彰先生伸出右手，握住我的手。那是一隻溫暖的大手。

「謝謝你了，輪休日還特地到處奔波調查。」

「沒什麼，別客氣。」

說著，我也跟著笑了起來。我們是鄰居，這點小事算不上什麼。

三毛小姐又開始在赤坂食堂的門前舉行街頭表演，我推開房間的窗子聆聽。從樓上窺視似地欣賞表演有些失禮。我算算時間快結束了，便走到一樓。

「奶奶，我拿走一瓶啤酒喔！」

洗完澡差不多該睡了的奶奶笑著點頭。

「幫奶奶向三毛小姐問候一聲唷！」

「嗯！」

我從後門繞到前門。時間抓得正好，三毛小姐剛唱完最後一首歌，正在把吉他收進吉他盒裡。

「喔？」三毛小姐的長髮隨著抬頭的動作而飄盪，她笑著望向我。「辛苦了。」

「妳也辛苦了。要不要來一杯？」

我朝她遞出啤酒瓶，她點頭同意了。我照例把啤酒箱翻過來充作椅子，兩人並肩坐著喝起了啤酒。

今天的月亮是弦月，無雲的夜空可以清晰地望見星星。

「今天輪休吧？」

「對。」

「平常輪休日都做些什麼？」

她淺淺地笑著問我。

「沒做什麼。我沒有任何嗜好，不曉得休假時該做什麼才好。如果有什麼好建議，請告訴我。」

三毛小姐點了頭。

「那麼，下回輪休日假如時間湊得上，我再邀請你一起。」

「一起做什麼？」

「一起做些什麼。」

三毛小姐說完，自己也覺得好笑似地嘻嘻笑著。我也跟著笑了起來。

「三毛小姐……」

「嗯？」

她側著頭看我，以眼神問我：什麼事？

「妳從美術大學畢業，一定很會畫圖吧？」

「還算可以嘍。」

「有種技巧叫做手繪藝術字吧？就是用設計繪畫的方式寫文字。」

「嗯，寫過。」

「那麼，只要有心，模仿別人的筆跡也不是什麼難事吧？」

我微微一笑，低頭看著三毛小姐。她略一思考，抬起頭來，笑著點頭。

「應該不難吧。不過，我可沒說自己做過唷！」

嗯，沒說自己做過。

「好，我知道了。」

我點了頭。三毛小姐嘴角上揚露出微笑，喝了一口啤酒。三毛小姐這位女子，或許遠比我想像的更為諱莫如深。

但她並不是壞人，而是好人。這只是我的直覺。

「三毛小姐。」

「請說。」

「喝完酒以後，我們交換手機郵件帳號吧？」

她睜大眼睛，促狹地笑了一下，點頭答應了。

「好呀！」

很久很久以前，奶奶這樣教過我……。

如果想和貓咪一起玩，不可以忽然伸手摸牠，說不定會被撓傷。

一開始只能緩緩地、慢慢地靠上前去。

〈花開小路事件簿〉之三　萬屋西服店的訂製西服

1

「小淳，吃早飯嘍！」

輪休日的早晨，奶奶喚醒了我。

我猛地跳起來，沒來由地「哇啊——」的鬼吼一聲。吼完以後愣了半晌，大大伸了個懶腰。最近伸懶腰時，全身的骨頭常會喀喀作響，大概是年齡到了吧。十幾歲時就算睡醒跳下床，身體也從來不會發出奇怪的聲響。

「睡得真飽！」

我神清氣爽地睜開眼睛。好久沒像這樣睡過一場好覺了。

「昨天一下子就睡著了。」

體力已經撐到極限了。先是在竊盜集團的藏身處外面埋伏，緊接著衝進去搜索，差不多兩個晚上沒闔眼了。更別提在那之前為了逮捕一個連續縱火犯根本沒辦法回家，頂多在局裡的休息室蓋條毛毯補眠

兩三個小時。雖說已經過慣了這種生活，但身體實在吃不消。

昨天總算趕上最後一班電車回到家裡，怕吵醒爺爺奶奶於是躡手躡腳地上了二樓自己的房間，往奶奶為我鋪好的床一倒，就這麼昏睡過去了。

直到剛才奶奶叫我起床，這才恢復了意識。

赤坂食堂的營業時間是早上六點半。幸好奶奶從沒那麼早喚我，總是等到早餐時段客潮散去的八點三十分左右，這才爬上二樓叫醒我。

只要踏著嘎吱作響又老舊發黑的狹窄木梯下樓，就是自家的客廳了。客廳外面則是做生意的食堂。

「留神門框！」

「知道嘍！」

這是奶奶和我之間固定的對話。回到老家快三個月了，潛意識早該記住了，無奈到現在稍不留神還是會一頭撞上門框。相信身材高大的人都有同感，唯一的好處也就只有拿得到放在高處的東西罷了，而且老是被人使喚這類雜事。

「奶奶早。」

「乖，早安。」

矮桌上已經擺著白飯、味噌湯、火腿煎蛋、烤魚、燉南瓜、馬鈴薯沙拉以及醬菜。

身上罩著一件長袖連身圍裙的奶奶端坐在矮桌對面，我合掌說聲開動了。

「好，請慢用。」

店裡恰巧沒顧客，爺爺坐在櫃臺前喝茶抽菸，悠閒地讀報。

「爺爺早。」

「唔，早。」

爺爺朝我瞅了一眼。

「人是鐵，飯是鋼。吃飽了飯才有力氣幹活哩！」

「嗯。」

我應了一聲，扒了一口熱熱的白飯。該慶幸自己再怎麼累從不影響食欲，得感謝父母賜我這副健壯的身軀。

「小淳，我問你……」

「嗯？」

「今天有事嗎？」

「喔，我打算去買東西。」我說的是實話。鞋子都穿底了，該買雙新的了。「順道到處走走逛逛，看到中意的就買回來。」

「這樣呀。」

奶奶笑著點點頭。我等著奶奶照例吩咐辦事。自從搬回這裡之後，每逢輪休日，奶奶總會託我處理事情。

通常是街坊鄰居的小困擾。

小時候住在一起的孫兒，長大後當上刑警回到老家了。這在奶奶心裡似乎是一樁值得慶賀的喜事，以致於這條花開小路商店街上幾乎人人都認得我了。換個角度想，這也表示我家奶奶深受商店街居民的喜歡與愛戴。

「小淳，既然如此，不如順便買套西服吧。」

「西服？」

「是呀。」奶奶點了頭。「也該添套新的了。雖說穿什麼不大影響刑警的工作，可也嫌舊了。」

「喔……」

想想也對。目前是讀大學時買的那兩套西裝輪著穿，老實說已經穿舊了。不過舊歸舊，我經常送洗，盡量穿上乾淨的衣服出勤。

「該買西裝了哦？」

我沒想過這件事，不過那種市面上常見的兩套組合只要幾萬圓優惠價的成衣西裝，荷包應該還受得了。況且住在老家不花租金，攢了不少存款。

「所以呢，小淳，既然要買，奶奶希望你光顧萬屋，可以嗎？」

「萬屋，是指四丁目那家萬屋西服店？」

「對。」

「可是，那家店專做客製化的西裝吧？」

「是呀，我們那個時代管那叫量身訂做的西服。」

以前住在這裡的時候，萬屋西服店就是一家閃亮亮的店鋪。所謂的閃亮亮，是指架在那厚重而古典的店面上方「萬屋西服店」的金色字樣。當時的我天真地以為，大概只有貴族才能走進那家氣派考究的店鋪購買華服吧。

「奶奶，在那種高級的店裡做一套西裝要花好幾萬塊耶！」

「話是沒錯，可是從長遠來看，訂做耐穿的西服才划算。小淳這份職業天天都得穿西服出勤，一個注重儀容的刑警更能得到民眾的信賴，不是嗎？」

「這麼說也有道理。」

奶奶說得沒錯。現在這個時代，公務員的一舉一動無不備受關注。尤其遇上需要民眾協助搜查的時候若能博得好感，對於查案自是無往不利。

「來，這個拿去用，就當是爺爺奶奶送給小淳的就職賀禮。」

奶奶將擺在矮桌上的一只信封推向我。吃早飯時一直納悶信封裡裝的是什麼，原來是這麼回事。

「不用了啦！」

「收下來吧。區區給疼愛的孫兒添件新衣的零花錢，我和你爺爺還不成問題。」

我望向爺爺。他依舊背對著奶奶和我，只是輕輕點了頭。

「用不著推辭，拿去用就是啦！」爺爺維持原本的姿勢說道，「好東西才經久耐用。況且……」爺爺疊起報紙，終於轉過身來。「你大概不曉得，我和萬屋的伸一是從小一塊長大的。」

「是哦？」

我還真的不知道這件事。原來那家店的店主叫做伸一爺爺。雖然萬屋在這條商店街上堪稱老鋪，但我和那裡向來無緣。

爺爺抽著菸，面色略顯凝重。

「你總該知道，這年頭，那一行生意不大好做吧？」

「或許吧……」

我們開的是食堂。人類必須進食才能存活下去，因此一間餐館通常只要飯菜可口，總有顧客上門。然而坦白說，客製化的西裝並不屬於生活必需品。

「……應該挺辛苦的。」

「是啊。你去看了就知道，曾經是那般富麗堂皇的店鋪，如今卻變得黯淡無光，只剩爺孫倆勉勉強強靠著幾筆小生意餬口度日了。所以說，既然有這個機會，不妨去關照一下生意。」

原來如此。一來能讓我這個孫子變得容光煥發，再者也能稍稍幫助朋友的營收。畢竟爺爺去訂做西裝也沒有場合可穿。

奶奶也跟著點了頭。

「只要去萬屋做過一套西服，量身的尺寸就會永久保存下來，很有用處。若是定期回去店裡修改衣服的尺寸或再做一套，還能知道自己這段日子以來是變胖還是變瘦了。店主甚至會告訴顧客身上什麼地方的肌肉消瘦了呢。」

「是哦？」

老鋪的店主連這麼細微的地方都留意到了。

「今天就去萬屋慢慢挑一套喜歡的吧。那裡也賣鞋，順便在那邊買更好。」

我忽然覺得奶奶似乎話中有話，會是什麼呢？

萬屋西服店雖然也賣搭配西裝的皮鞋，但是我想買的是平時穿用的便鞋。

刑警靠的是「行萬里路，查萬樁案」。即使進入資訊時代，這依然是刑警的不二法門。為了破案，我們仍需到處奔波，所以腳上的鞋子必須符合好穿好走的標準。其實最適合的是運動鞋，可是西裝搭上運動鞋顯得不夠穩重，影響儀表。所以，最佳的選擇是黑色皮革材質的運動鞋，而且款式最好是乍看之下像是一般皮鞋。

「你要找的款式在這一區。」

這裡是我們食堂正對面的名取皮鞋店。要買鞋，當然得上這裡買，否則太對不起弘哥了。弘哥所指的展示區陳列著一雙雙皮革運動鞋。

「不過，最近的皮鞋也出了不少又輕又好看的新款喔！」弘哥拿了一雙常見的深褐色便士樂福鞋過來。「你看看這雙喜不喜歡。」

「喔，的確很輕。」

最近也有許多學長穿這種鞋款。

「可是，考慮到危急時刻……」

「例如？」

「就是遇上得拚命狂奔的時候嘛！」

我腦海裡響起了那部紅極一時的警匪影集的主題曲。也許有人嘲笑未免太過時了，但實際上真的有不少學長都是看了那部警匪影集之後立志成為刑警的。這就和有些足球選手也是在看過那套知名的足球漫畫之後，才懷抱了進入體壇的夢想一樣。

「三天兩頭就得狂奔嗎？」

「沒啦，其實機會不多。」

別說機會不多了，從我上任到現在，連一次都還沒追過逃跑的嫌犯。弘哥笑著讓我自己挑喜歡的買。

「你買完鞋以後要去哪裡？」

「萬屋西服店。」

「萬屋？」弘哥不禁咋舌。「訂製西裝嗎？」

我告訴弘哥，奶奶給了經費。他笑著說，那就沒問題啦。

「身為花開小路商店街的一員，我也很希望像萬屋那樣正派經營的老店能夠永遠留在這裡。」

萬屋西服店的店址是在花開小路商店街的四丁目。

在這條商店街上，四丁目的風格有些不同。首先，那裡不是拱廊構造。據說很久以前和一丁目到三丁目一樣，但是在我出生之前的一場大火燒掉了拱頂，此後四丁目就不再是拱廊了。至於為什麼沒有重新蓋回來，理由不明。

小時候每次來到四丁目這邊，說得精準一點是走到三丁目的路口時，總是忽然感到眼前豁然開朗，天空一望無垠。我也常常盼望，如果食堂的一丁目那邊同樣沒有拱頂，抬頭就能看到蔚藍的天空該有多好。但若遇到下雨天，又不禁慶幸家門前是一條拱廊。

我過了馬路，來到派出所前面，對面坐落著這條商店街上的唯一一棟大廈，屋主是矢車先生。小時候聽家裡的大人說過，矢車家以前是這一帶的大地主，現在已經不是了。

人都走到這裡了，不打個招呼未免有些失禮，於是我在派出所前面停下了腳步。

「喔，赤坂刑警好！」

「您好，早安。」

角倉學長照例特地起身立正向我敬禮，我也舉手回禮。坦白說，敬禮的動作我總做不好，能免則免。

「有何貴事？」

「不敢當！」

我老實說了要去一下隔壁的萬屋西服店。這種事沒什麼好隱瞞的。接著也誠實交代了是奶奶吩咐我去做西裝的。角倉學長愉快地頷首，朗笑幾聲。

「對了，梅太太的確說過喔！」
「咦，奶奶說過什麼？」
「她說，我家小淳體格好，穿上高級西服看起來一定更帥氣，說不定這一來就能交到女朋友了。」
「奶奶這樣說過？」
角倉學長笑了。
「我稍稍加油添醋了。不過，梅太太確實很擔心。雖說你現在還年輕，但成天忙著工作，再這樣下去恐怕得一輩子打光棍，太可憐了。」
「這……」
「唔，我能體會梅太太的心情。」角倉學長輕輕點了兩三次頭。「恕我冒昧，梅太太和辰伯都上了年紀，心裡難免盼著能在有生之年見到孫媳婦過門，若能親手抱到曾孫更是再好不過。」
是哦。原來爺爺奶奶是這麼想的。
「老人家總覺得自己剩下的時日不多了。若是交了女朋友，趕緊帶回家給爺爺奶奶看看吧。」
「好，我知道了。」
「話說回來，真的沒有嗎？」
角倉學長笑中帶著幾分調侃。

「真的沒有。」

唯獨這件事，不是努力就有成果的。我向角倉學長鞠躬說聲先告辭了，轉身繼續走向位於隔壁的萬屋西服店。建築外觀依然如昔，沒有改變。我鼓起勇氣，緩緩地打開了厚重的木門。

「歡迎光臨！」

店裡面擺著一張同樣厚重的木桌，一個坐在桌前寫字的年輕小姐抬起頭來，隨即起身朝我一笑。我原以為在店裡的是店主萬屋伸一爺爺。

一看到我，她隨即恍然大悟地微微點頭。

「您是赤坂食堂的赤坂淳先生吧？」

那位小姐嫣然而笑，一頭及肩的黑直髮隨著她的動作輕輕搖擺。不管到這條商店街的任何地方，人人都知道我是誰，已經習慣了。

「幸會。」

「幸會。」那位小姐也回了禮。「不過，我們不是第一次見面。」

「是嗎？」

「我是您高中劍道社的學妹。」

「什麼？」

「我叫萬屋步美，和赤坂學長相差五歲，所以您不認識，但是暑假集訓時您送點心過來時見過一面。但是當時只向學長打了招呼，沒能說上話。」

哦，原來有過這件事。

「這麼說，妳也認識名取皮鞋店的弘樹學長了？」

「是的，我認識。您今天是來量尺寸訂製西服的吧？」

「是這樣沒錯……」

大概是我臉上露出了納悶的表情，不懂她怎會那麼清楚我來這裡的目的。只見她俏皮地笑了。

「梅奶奶前陣子告訴過我了，說是這幾天會讓您來這裡，讓我做一套上好的西裝。」

我點頭回答原來如此，心中卻犯起嘀咕：這肯定是表面上的藉口！

實情極有可能是前些時候奶奶提起的相親。

大概奶奶終究難以推辭，經過和媒人商討之後，決定安排一個讓男女雙方自然碰面的場合。

這麼一想，奶奶一大早特地備妥了裝錢的信封，未免有些刻意。顯然是打從一開始就配合我的輪休日，非讓我來這裡不可。

「我爺爺剛才出去送貨了，可以由我為您量身嗎？」

「當然沒問題。」

「那麼，先討論您想訂製哪一種。」

既然小我五歲，我決定以後直接稱她步美。她翻開了擺在桌面上的活頁夾。

「首先，訂製西服大致分為三種：『版型訂製』『套量訂製』以及『完全訂製』。是不是先為您說明一下這三種形式的特色比較好呢？」

「在這方面我完全是個門外漢，麻煩妳了。」

「所謂『版型訂製』是從這些基本款的西服中挑選合意的款式，再按照小淳先生的體型縫製；『完全訂製』如同字面的意思，從量身開始的每一個步驟都配合顧客的喜好設計縫製；至於『套量訂製』則是從現有的版型紙樣中挑選適合的，再依照尺寸予以縫製。」③

「喔，長見識了。」

原來是這樣分類的。世界之大，要學的知識還真不少呢。步美促狹一笑。

「梅奶奶吩咐我做的是『完全訂製』。我想，梅奶奶特意挑了三種之中價格最高的，為的是讓我們多些收益。不好意思，請問小淳先生希望親自決定西服設計的每一項細節嗎？」

「所謂西裝設計的每一項細節，是指從領子的樣式、外套的長度到布料的材質等等，統統由我自己選擇嗎？」

「是的。」

步美點了頭。

「不不不，那樣太難了！」

兩人同時笑了起來。

「那麼，建議採用套量訂製比較方便。小淳先生身材高，不妨從這些紙樣中挑選適合身材高者的版型，細節處再配合您的喜好和參考時下流行進行微調。」

「那樣再好不過了。如果用這種方式，預算大約是多少呢？」

這個詢問本該由店家提出，我就不拐彎抹角了。對這方面的價格，我實在一點概念也沒有。

「聽梅奶奶說，就職賀禮包了十萬圓左右。」

奶奶居然連數目都說了，到底還有什麼沒講的呢？既然如此，也就用不著客套了。

「是啊。我希望能在這個預算之內再買雙適合這套西裝的皮鞋，再添個兩、三萬也無妨，這樣夠嗎？」

「非常足夠！」

③關於「版型訂製」（Pattern Order）以及「套量訂製」（Easy Order）的原文描述，與某些西服專業人士的定義似乎略有出入。此處依照原文翻譯。

她笑得十分開心。

「為了整體造型，建議連同搭配這套西裝的襯衫和領帶，在十二、三萬的範圍之內購置全套衣鞋，您覺得如何？」

這種時候就該聽從專家的建議才是最佳方案。

「那就麻煩妳了。」

濃醇的咖啡香氣四溢。

「請往裡面走。」

步美領著我來到了後方的量身室。這裡像極了英國高級俱樂部的包廂，雖然空間小巧玲瓏。

「喝黑咖啡好嗎？」

「喔，好。」

她對我說，如果時間不趕，請在店裡多坐一些時候，因為像這樣瞭解顧客的喜好與風格，才能做出一套真正貼合顧客需求的西服。這話聽起來很有道理。

「不好意思，您來店裡好一會兒了，現在才請求諒解……」

「為什麼要道歉？」

步美笑得有些難為情。

「在學校時大家都稱您是小淳學長，所以剛才就直接稱呼小淳先生了。」

「哦——」原來是稱呼問題。「無所謂，方便就好。」

畢竟連小學生都直呼我小淳刑警呢。

「請趁熱喝。」

她端來了一只顏色雪白的咖啡杯，做工精巧，與這個房間的氛圍十分合襯，大概也是英國瓷器吧。

我喝了一口，相當訝異。

「這咖啡真香！」

「謝謝。因為爺爺喜歡喝咖啡。」

提到英國，通常聯想到的應該是紅茶……算了，這不重要。

「想先請問一下，這套西裝是在上班時穿的吧？」

「對。」

「那麼，材質最好是四季通用，夏天透氣涼爽，秋冬時節外面再套件大衣即可保暖。」

嗯，這樣好。依我粗枝大葉的個性，大概弄不懂在不同季節穿不同西裝的那種講究。

「顏色要選深藍色系嗎？還是灰色系呢？另一種選擇是深褐色之類的褐色系，不過那種色系比較顯眼一點。」

「讓我想想……」

深褐色的西裝挺雅致的，可是恐怕學長們會訓我一頓。

「我比較喜歡深藍色系。」

她說深藍色系有許多選擇，並拿出布料樣本供我挑選。原來這就是訂製西裝的步驟。

在和她交談的過程中，我深深感受到西裝為何有另一個名稱叫做紳士服。用很多時間與裁縫師一項一項溝通，漸漸打造出專屬於自己的服裝。

不過，日本和服不也是如此嗎？從挑選面料開始，一步步完成自己鍾愛的衣裳。

我曾在某本書中讀到這樣的句子：從前的人們似乎比較懂得享受人生。這句話說得滿有道理的。

至於步美……。

小我五歲，也就是才二十二歲左右，待客方式卻相當穩重。這樣形容很失禮，她的長相並不突出，而應對態度也完全不像個二十二歲的女孩，若說她和我同歲甚至年紀更大，我也毫不懷疑。

「那麼，現在為您量身。不好意思。」

她搬來一個木製的小踏台。我太高了，實在辛苦她了。

「聽說妳和爺爺相依為命？」

「哦，是呀。」她微微一笑。「爸爸和媽媽在我小時候就因為車禍過世了。」

「原來如此。我不該多問。對不起，提起妳的傷心事了。」

我低頭道了歉。

「別這麼說，沒事的。」

按照時間推算，那起車禍或許是在我搬離這座城鎮之後不久發生的事。如果是還住在這裡的時候發生的，我應該會有印象。

車禍，尤其是造成身故的情況，前往現場處理時特別難受。事實上，處理任何案件時都同樣難受，不過局裡交通隊的同事都這麼說，不論處理過幾十次、幾百次死亡車禍的現場，永遠都不可能變得無動於衷。每一次腦海裡總會出現這個念頭：為什麼會發生這種事呢？

「這麼說，是伸一爺爺獨自將妳扶養長大的？」

「是的。當然，還多虧這附近的鄰居幫了很多忙。」她在我的背後量尺寸，接著說，「幸好爺爺是在家裡工作，所以我從沒嘗過一個人孤伶伶看家的滋味。我也從小就對這個行業很感興趣，一直在旁邊當爺爺的小幫手。高中畢業後立刻上了服裝專科學校。只不過……」她噗嗤一笑。「開學以後才發覺，課堂上的東西爺爺全都教過我了，所以馬上辦理退學不讀了。」

「這樣喔。」

的確，老師教的技術她大概早就會了。

「妳最喜歡做的是紳士服嗎？」

我覺得女性裁縫師通常比較喜歡那種光彩奪目的時尚世界。

「就是說嘛。我也覺得奇怪，但還是縫製西裝的時候最開心。不過，我也會做自己的衣服喔！」

她接著說，自己會去流行服飾店觀摩，以目視的方式當場記下尺寸與設計，回來之後照做一件。說罷，她吐吐舌頭，笑了。

我心想，真羨慕。

我很喜歡像這樣從事親手製物行業的人士。我家爺爺也是如此。或許因為自己辦不到，所以更尊敬這樣的人。

我曾經想過，自己這份工作的終極目標就是守護這些人們。

量身完成後，她建議襯衫和領帶等到西裝做好以後再搭配挑選，然後又煮了一杯咖啡給我。

「小淳學長，我想請問……」

「什麼事？」

「方便向您借點時間嗎？」

「可以呀，怎麼了？」

步美的表情透著一絲猶豫。不知道有什麼困擾。

「梅奶奶說，如果需要，不妨找小淳學長商量看看。」

我險些一口噴出咖啡，好不容易才嚥了回去。

居然來這一招。

我中計了。

原以為寶貴的輪休日終於不必幫鄰居解決煩惱了，沒想到竟然讓我親自上門報到。這麼說，今天並不是安排我來這裡相親了。

「我不知道這件事該不該找外人商量，但家裡又只有爺爺和我，沒有其他親戚了，所以去找梅奶奶說了以後，奶奶建議我來請教小淳學長的意見。」

「沒關係，只要我幫得上忙。」

「真的很不好意思。」

「小事小事，我常幫忙鄰居。」

我喝了口她剛煮的咖啡，真的特別香醇。等一下得記得問問這種咖啡豆是在哪裡買的。

「不過，需要和我這個刑警商量，是不是牽涉到犯罪嫌疑那方面呢？」

她雙脣緊抿，輕輕點頭。

「我不確定，只是猜測有可能遇上詐欺之類的情況了。」

詐欺之類的情況。

這的確屬於警察的工作範疇。雖然不是我們部門負責的。

她猶豫著不曉得該從何說起，我安慰她慢慢講不要急。在偵查過程的實務上，包括向民眾打聽線索或調查審訊時，心急火燎向來得不到好結果。一定要花時間慢慢問話才好。

「近一兩年，爺爺才真的將店裡的事全都交由我接手。不過，老客人的訂製還是由爺爺親自量身縫製，我在一旁當助手。所以，直到最近才開始讓我記帳。」

說到這裡，她突然面露愁容。原來問題出在帳簿上。

「那本帳簿上，出現了不正常的紀錄嗎？」

她側了側頭，才點了頭。

「店裡有位主顧……。是不是把姓名說出來比較好呢？」

「我想，這樣比較方便描述。」

「那位老客人名叫三橋先生。」她說。「現在不住在這裡了，但在這裡出生的。他是超過二十年的老客人，每年固定來我們店裡兩趟做西裝。」

「每年來兩趟？這樣的確是不折不扣的忠實客戶嘍。」

她點頭同意我的話。

「像三橋先生那樣長久以來一直在這裡做西裝的顧客並不多。近幾年來，每當他來到店裡，爺爺總要我在一旁幫忙，陪著聊聊天。他是一位體態文雅的紳士。身高差不多和小淳學長一般高，穿起西裝來好看極了。」

說完，她不再往下講了。我還無法推測出大概是怎麼回事。

「我聽三橋先生說，自己的職業是公司的高階主管。爺爺也是這麼告訴我的。而他看起來也完完全全像是公司高層。」

既然每年都來做兩套完全訂製的西裝，想必是公司高層吧。如果不是那樣的地位就不可能有那麼多錢訂製西服，也沒有訂製西服的必要。

「可是，大約三個月前的一個假日，我和朋友出遠門開車兜風，隨興挑了一家餐廳吃飯，卻在那裡看到了。」

「看到那位三橋先生嗎？」

她用力點了頭。

「三橋先生當時開著卡車。」

「卡車？」

她皺了皺眉頭。

「我坐在面向停車場的位置，不經意往外一看，剛好看到那輛卡車駛進來停車，接著從駕駛座下來的司機就是三橋先生。」

「那輛卡車不是一般持有小型車普通駕駛執照可以開的，而是那種大貨車吧？」

「對。是那種非常大、載運貨物的長途卡車。他穿的衣服也很輕便普通，這樣形容或許有些失禮，但看起來就像是卡車司機常穿的服裝。」

雖說無法一口咬定一位固定購買完全訂製西服的公司高層絕對不可能駕駛大型卡車，但是按常理推斷，這種機率實在太小了。

「我再問一次，妳可以肯定看到的人是三橋先生吧？」

「絕對錯不了！他沒有看到我。我當時覺得奇怪，為什麼他會開卡車呢？所以持續觀察他的動向。真的非常湊巧，我們是同時離開那家餐廳，而車子行駛的方向也一樣，幸好同行的朋友上車後就打起盹來，所以我得以一直跟蹤，最後看著他把車子開回了某家貨運公司。」

「妳把相關資料抄下來，回來以後做了調查嗎？」

「對。」她點了頭。「雖然心裡覺得沒必要，但怎麼想都不對勁。」

「為什麼？」

「三橋先生只是那家公司聘僱的卡車司機，並不是高階主管。我確實查清楚了。」

我不禁沉吟思索。

「的確有點特殊。」

我無意抱持偏見，但是不論怎麼想，一名卡車司機不太可能每年做兩套完全訂製西服。

「應該不會有人穿西裝開卡車吧？」

「我也這麼想。」

不過，光憑這一點，並沒有什麼值得懷疑之處。

說不定那位三橋先生的嗜好就是訂製西服。即使一名卡車司機擁有訂製西服的嗜好，任何人都沒有資格批評他。

可是，她剛才說的是猜測有可能遇上詐欺之類的情況了，所以才想找我商量。

「帳簿上有異狀吧？」

她點了頭。

「帳簿上面找不到為三橋先生訂製西服的收入紀錄。」

也就是他沒有支付款項。

「數目相當大嗎？」

「他的西服向來使用從英國進口的高級布料，而且是手工縫製的，就算是優惠價，一套的價格也應該是二十萬到三十萬之譜。」

真昂貴。這種西裝可以穿上一輩子了。

「也就是說，貴店一直為他免費訂製西裝。」

而且說不定長達二十年來皆是如此。

「這個問題恐怕相當棘手。」

「我也這麼想。既不能找人商量，也不太敢直接問爺爺。」

「妳擔心萬一內情相當複雜，讓爺爺知道妳已經發現這件事了，反而會讓爺爺更加憂慮，對不對？」

「對。」

步美點了頭。

這件事真的不好辦。

聽起來確有蹊蹺。

卡車司機每年訂製兩套西裝，而且價格高昂，不是一般平民百姓負擔得起的。

再加上他恐怕根本沒付款。

以上的每一點都啟人疑竇。萬一三橋先生和伸一爺爺之間有什麼不可為外人所知的隱情，那麼我這個局外人就不該擅自介入。何況如果我真的著手調查，必然不得不探掘相當深入的細節。

「那個……還不止這樣。」

「還有什麼奇怪的地方嗎？」

「大約兩、三個星期前。」她接著說，「有個鄰居拿來一件不小心勾破了內襯的西裝，希望我們幫忙修補。當時爺爺不在，所以由我檢視那件西裝，結果那是我們這家店的訂製西服，絕對錯不了！」

「在這裡做的？」

莫非……。

「妳的意思是，是那名司機，也就是三橋先生所訂製的西服嗎？」

「就是這樣！我絕不會看錯！因為縫製那套西裝的時候我也幫了忙。」

這下子事情愈來愈複雜了。

「妳說的那個鄰居，是誰呢？」

我一問，她有些擔心地皺起眉頭。

「那個……這件事不方便讓那位鄰居……」

「別擔心，我是刑警。」

刑警保證嚴守祕密。

「就算在這裡聽到了那個鄰居的名字，也絕對不會讓對方察覺我的行動。萬一不得不直接請教對方，我也會事先徵得妳的同意。」

「什麼？」

「就是對面那棟大廈的屋主。」

步美看向我，表情比剛才放心了些。

我望向窗外，從這裡就可以看見那棟大廈。

「呃……那棟大廈是……？」

「矢車家的大廈。拿西裝來的人是亞彌學姊。」

「亞彌學姊？」

「矢車亞彌學姊。」她又說了一次全名。「您不認識嗎？亞彌學姊在大廈一樓開家教班。她也是小淳學長的學妹，是我的學妹。」

矢車亞彌。

我想起來了，這個名字有印象。讀小學時好像有過幾次和她一起上學。

如果沒記錯，她父親應該是那位聖伯。

就是小時候常在街上遇到的那位英國紳士。

「亞彌學姊拿來的時候，說那件西裝是她爸爸的，也就是聖伯的西裝。」

2

過去幾個月以來幫忙處理過幾件鄰居的困擾，這次應該是最棘手的一樁。因為關鍵人物的三橋先生這位卡車司機並不住在附近。

之前幾起事件的關鍵人物都住在這一帶，可以透過北斗幫忙蒐集訊息，可是這回該從何下手調查三橋先生呢？總不能在輪休日出示警員證直接登門求見，況且這個難題非得在今天之內解決不可。

我的意思不是說像警匪影集那樣必須在影片結束之前查出真相，而是不快點解決的話，我今天的休假就泡湯了。而且，總不好回覆步美：今天來不及解開謎團，等下次輪休再說吧。

無論如何，必須趁還待在店裡的時候盡量蒐集各種情報，並且是迅速確實。

「不好意思，可以借我紙筆嗎？」

我沒把工作時的小記事本帶在身上。

「請用。」

步美將鉛筆和便利貼遞給了我。

「妳曉得三橋先生的住址吧？」

步美點頭。

「呃，可是……」

嗯，我明白她想說什麼。這畢竟是個人資料。

「不必擔心，相信我，我是刑警。何況還不知道這是不是有沒有牽涉到犯罪，在初步調查的過程中絕對不會讓任何人察覺。」

其實我沒有把握，但仍裝作有十足信心的樣子露出微笑，看著步美。無法拒絕請託是我的優點，也是缺點。

「非常感謝。那就麻煩您了。」

我從步美出示的顧客名簿上抄錄了三橋先生的住址。大概是伸一爺爺的親筆字，還真難辨認，太龍飛鳳舞了。

原來三橋先生住在朝加町。距離這裡車程大約十五分鐘。我順便抄下了三橋先生的公司名稱與地址。

「另外，關於聖伯。」
不曉得這件事和他有什麼樣的關聯。
「聖伯也在這裡做過西裝嗎？」
步美肯定地點了頭。
「從以前就常來關照。雖然時間不固定，但都是購買手工訂製的西服。」
我想，如果是聖伯，一定很適合穿上訂製西服；或者應該說，訂製西服在聖伯身上再適合不過了。
咦，可是他好像也穿過日本和服喔。
「聖伯和三橋先生會不會彼此認識呢？」
「我不確定。至少我不曾在店裡看過他們同時出現，也沒聽說他們是朋友。」
話雖如此，卻也不能排除這個可能性，畢竟兩人都在同一家店訂製西服。後續內情就靠刑警挖掘的功夫了。探問出連本人也不知道自己記得的線索是搜查的基本技巧。
「查得到三橋先生第一次訂製西裝的日期嗎？」
「查得到，這裡有完整的紀錄。」
她回到桌邊，從抽屜裡取出一本皮革封面的活頁夾來。翻了幾頁之後，手指在頁面上滑動查找。那就是帳簿嗎？上面的筆跡同樣難以辨識。

「同樣是正好二十年前。」

「二十年前……」

也就是我七歲，步美兩歲的時候。

「妳還記得小時候和三橋先生在店裡見過面嗎？」

「記得呀！」她開心地笑了。「我小時候最喜歡待在店裡了，況且那時爸媽已經不在了。我最早的記憶差不多是從小學低年級或是幼兒園的時候開始見到他的，不過不是每一次來都見得到面。我看一下……」她再一次查閱活頁夾。「對，他總在星期天來，所以只要我沒出門玩，應該都見了面。」

「不過，應該沒有一直陪妳玩耍聊天，讓妳留下深刻的印象吧？」

「這個嘛……」她想了想。「好像不是那麼熟的叔叔，但也許只是我不記得而已。況且他是來做衣服的顧客，不是專程到店裡陪我玩的。」

這話也對。不過，三橋先生本身應該從步美兩歲的時候，就認識這個經常光顧的西服店的小女孩了。

「三橋先生是怎麼成為貴店顧客的？」

「關於這一點，」她歪著頭苦笑，「我不太清楚耶。爺爺沒提過。」

也是，她應該不知道。但既然是長久以來的忠實客戶，三橋先生應該知悉步美的父母在車禍中過世了。至於住在這裡更久的鄰居聖伯，應該早從步美一出生就認識這個小寶寶了。

聖伯……。

「那麼聖伯呢？既然住在對面，應該很熟吧？」

「那當然！聖伯經常找爺爺聊天，不是只有做西服的時候才上門。我和亞彌學姊也常見面，偶爾相約一起吃午餐。」

住得近總會像這樣時常走動。

「可是，那件西裝不是三橋先生訂製的嗎？是不是因為和亞彌學姊不夠熟，不方便直接問她呢？」步美略顯為難。「因為……」她小心翼翼地說，「我們沒有熟到可以問那麼失禮的問題。對我來說，她是很照顧我的鄰居姊姊，同時也是學姊。」

我可以體會這種人際關係的微妙拿捏。接下來順便問一問她家人的資料，在調查過程中說不定什麼時候會派上用場。

「恕我冒昧請教令先君和令先堂的大名，以及他們離世的時候妳幾歲。」

「沒關係的。」她輕笑著回答。「家父母的名諱是萬屋誠和萬屋敦子，兩人是同歲的同班同學，都是在三十歲那一年，也就是我兩歲的時候離開人世的。」

這樣算來，如果他們還在世，今年是五十歲了。

「好的。我稍微想一下該怎麼調查比較好。後續如果還有其他的事想知道，可以打電話問妳嗎？」

「當然沒問題！」

步美笑著答應了。我們交換了手機號碼和手機郵件帳號。

「接下來該從何著手呢？」

我步出萬屋西服店，不知道該去哪裡好，暫且先朝食堂的方向走回三丁目，在商店街中央鄰近菸灰筒的長椅坐了下來，掏出香菸點燃一支。

我暗自思索，這件事挺麻煩的。

長達二十年固定訂製西服的老客人沒有付款，還謊稱自己的職業，加上那些西裝很可能轉交給別人。

「嗯……」

我呼出菸氣。愈想愈奇怪。如果西服店確實受害，這就是一起案件了，可是截至目前為止連是不是受害都還不確定。但是他既然做了西裝，卻沒有支付相對的酬金，站在店家的角度來看，實在不能說沒有受害。只是就實務上而言，在店家尚未向警局報案之前，警方什麼事都不能做。假如日後進入正式搜查階段，還得查證步美所言是否屬實，不過她的話應該可以相信吧。世上不會有人笨到編出一套謊言還特地找上住在附近的刑警商量的。

「不曉得權學長今天有沒有空……」

我看還是該從關鍵人物——三橋先生的身分背景開始查起。至少得弄清楚他的基本資料，否則事情不會有任何進展。既然從事運輸業，通常和竊盜、詐欺、走私等有價物品的案件相關，這方面屬於權學長的專長項目。我還是打通電話麻煩他吧。

（嘿，小淳刑警，有事找我？）

電話只響一聲就接了，而且從他叫我的方式和輕快的聲音判斷，現在應該有空。

「權學長，不好意思，有空嗎？」

（有空啊！我正在想中午該上哪吃哩！）

「有個人想請你幫忙查一下，但不是案件關係人。也絕對不可以讓他本人和身邊的人察覺我們在進行調查。」

說完，聽筒的另一端傳來一句笑罵。

（你這渾小子，又在輪休日接下了鄰居陳情諮商喔？）

「果真明察秋毫！」

（也罷。告訴我這傢伙姓啥名啥。反正今天一整天都窩在辦公室裡寫報告，時間多得很。）

「非常感謝！」

看來，下回得在家裡的食堂請權學長吃一頓套餐了。

「好吧，就等權學長的回電了。」

在真正搜查的階段，最危險的舉動就是妄加揣測。警察只能將確切的事實組構起來，進而掌握事態的全貌。不過這件事還沒正式立案，我不妨試著推測一下。

按照常理來想，三橋先生之所以沒有付款，應該是和伸一爺爺之間達成了某種約定。最直覺的推測是步美的祖父，亦即伸一爺爺，遭到了三橋先生的威脅。

不對，這個推理有漏洞。如果受到脅迫，彼此之間應該有種不自然的氣氛，而小孩子對這種氣氛特別敏感。既然步美並沒有特別提到這點，應該表示雙方只是單純說定了做西裝不收錢，類似簽訂了免費契約。不過強迫一個西服店店主必須一直免費提供西裝，這種舉動實在太詭異了。

或許三橋先生是伸一爺爺的恩人。為了償還這份恩情，才會在這二十年來不停縫製西裝做為回報。

「這也說不通。」

就算是報恩，整整二十年致贈高級西裝，未免太怪了。

「那麼……」

在權學長回電之前的這段期間，我該從什麼地方開始查起呢？步美思慮周詳，這件事的確必須祕密調查。萬一其實沒有任何問題，卻因為我的輕舉妄動而平白惹出風波，那就糟糕了。可是話說回來，假如不繼續找其他人探問，光憑我手上寥寥可數的資料，實在沒辦法做進一步的推論了。

「這樣的話……」

下一個目標該鎖定聖伯，或者是亞彌。

亞彌……是什麼長相呢？隱約覺得好像是個五官分明的女生。如果沒記錯，應該小我一歲，那時候沒怎麼接觸。

就算想向聖伯或亞彌探問，卻和他們幾乎沒有交情，到底該拿什麼藉口登門請教呢？雖說是輪休日，一個刑警沒有正當理由找上門問東問西的，對方一定覺得莫名其妙。

「這個嘛……」

我抽著菸，望著眼前的那尊雕像。

〈海將軍〉

創作者：麥路易茲．布魯梅魯

「許多雕刻均以海神波賽頓為題材，然而本作品卻是腓力二世為防衛巴黎而修建的羅浮宮，亦即日後的羅浮博物館所典藏的第一件雕刻品，堪稱彌足珍貴。」

接下來還有一大段文字，暫且省略。嗯，這是我第一次認真詳讀說明牌上的解說文。在近處抬頭仰望，震撼力十足。我是不折不扣的美術門外漢，不過即使在外行人的眼中，仍然覺得這尊雕像令人讚嘆。

等等，我好像……在那裡聽過這尊雕像的事？是誰告訴我的？啊對，是翔哉和小菜！

「前陣子亞彌老師就是在那裡舉行了婚禮喔！」

亞彌老師。沒錯，他們確實說了這幾個字！剛才步美也提到，那棟大廈的一樓是家教班。對，就是那位亞彌老師！翔哉他們說她前陣子結婚了，也就是亞彌剛當了新娘嘍？而且是在這尊雕像前於親友的見證下舉行婚禮，那麼新郎大概也是這條商店街上的居民。回去問問奶奶，她一定知道是誰。不曉得能不能從那地方做為切入口，順藤摸瓜，查出真相。

我從長椅上起身，準備回店裡一趟，恰巧斜對面某家店走出一個年輕人看了我一眼，隨即露出了笑容。呃……這是哪一位呢？

「您好！」

「你好。」

傷腦筋，我不知道他是誰。整體感覺有些粗獷，頗為灑脫。如果和這樣的人一起小酌兩杯，一定能愉快地紓解壓力。我立刻抬眼確認他是從哪家店走出來的。

白銀皮革店。

哦，原來是白銀家的公子。對，有點印象。

「您是赤坂食堂的小淳學長吧？」

「對。你是白銀皮革店的小老闆？」

他咧嘴笑著點頭，伸出右手。兩人握了握。

「我是白銀克己，北斗的同學。」

對對對，想起來了，北斗和奈緒都提過他，說是和克己一塊長大的難兄難弟。克己笑嘻嘻地看著我。

「今天休假嗎？」

「是啊。出來買東西，剛剛抽了一根休息一下。」

克己臉上寫著「那正好」，舉起手上的小紙包。

「我也準備來一根歇一歇。這是波平的鯛魚燒，一起來喝杯茶吧！」

「呃，這……」

波平的鯛魚燒真的很好吃，我也非常喜歡，可是才剛見面問候就去家裡打擾，似乎有些唐突。我正在猶豫，克己再次笑著輕輕拉了拉我的手肘。

「來嘛來嘛！我買了一大包鯛魚燒，夠大家一起吃了。其實，我老婆一直很期待哪天能見到小淳學長喔！……當然，我也是啦。」

他有些不好意思地笑了。

他口中的老婆——會是誰呢？

這該說是命運之神的捉弄嗎？其實沒有那麼誇張。既然都是鄰居，只是湊巧碰到面而已。

「妳好。說『幸會』，好像不太對。」

「是呀！應該是好久不見。」

俏麗的短髮，略顯強勢又親切的面容。就是她！我想起小時候的模樣了。

矢車亞彌小妹妹。現在是白銀亞彌小姐了，克己的太太。

克己說要抽根菸歇一會兒的地方，位在那棟大廈頂樓的其中一戶。

「太好了！前陣子聽說您回來了，卻遲遲沒有機會碰面。」

「我也等了很久啊。常常去赤坂食堂吃飯，可是小淳學長都不在家。」

「不好意思，我經常連續好幾天都沒辦法回去。」

我坐在他們家客廳的沙發，面對面吃鯛魚燒、喝紅茶。他們說這種紅茶是聖伯特地請人從英國寄過來的，很適合用來搭配日本的甜食。這杯紅茶真的很好喝。

「這麼說，妳和克己現在住在這裡？」

「是呀！」亞彌笑得開心。「本來就住得近，要到其他地方找房子太花錢了，反正這裡有多餘的空間。」

他們結婚以後，搬進這棟大廈的其中一戶做為新居。亞彌的父親，亦即聖伯，就住在隔壁。

望著兩人並肩而坐，由衷感受到這是一對恩愛的夫妻。他們身上散發出來的氣息非常相似。我從事這一行以來見過了不少夫婦，而且絕大部分都是在案發現場見到的。那些夫婦各有各的不幸，甚至令我一度考慮是否維持單身比較好。

也因為如此，能夠看到這樣彼此相愛的夫妻真讓人高興。

「小淳學長大概不記得了。」

亞彌手持沖茶器又為我倒了一杯紅茶，說了這句話。

「什麼事？」

「小學一年級的時候，我曾經枕著小淳學長的膝頭睡著了喔！」

有那種事嗎？

「還記得嗎？有一次舉辦商店街聯誼活動，大家一起搭巴士到望月川烤肉。」

「喔，我記得！」

「聽說大家吃吃喝喝的時候，我就坐在小淳學長旁邊。大概是吃飽睏了，就這樣趴在小淳學長的膝上呼呼大睡了。」

真的發生過這樣的事哦？我不記得了。

「後來大人告訴我，小淳學長不願意吵醒我，一直坐著不敢動，也沒辦法和其他小朋友玩。」

「是哦？」

搬回這裡以後最愉快的時刻，就是遇見記得我兒時趣事的人。聽到連我都不記得那時候的自己是什麼模樣的種種往事，真的很有意思。

敘舊固然好，但我今天還有更重要的事情，非得把握這個難得的機會不可。該怎麼引到那個話題上呢？

「我剛才去了對面的萬屋西服店。」

我接著描述了自己按照奶奶的吩咐去做一套新西裝，卻緊張得肩膀僵硬。我盡量說得像是隨口聊聊。

「聽說聖伯也在那裡做西裝？」

「是呀。」亞彌點了頭。「每年固定做兩套。爸爸說萬屋伯伯的功夫不亞於英國的裁縫師。」

「每年都做兩套？」

克己也不知道這件事。每年兩套，恰好吻合三橋先生訂製的次數。

「這麼說，衣櫃裡掛著滿滿的西裝嘍？」

亞彌搖頭否認。

「爸爸好像每隔一段時間就會寄去英國的家。」

原來聖伯在英國也有住所。

「我很久以前問過爸爸為什麼要做那麼多套，他給了一個莫名其妙的回答：『西服乃是男人用於律己之盔甲』。」

亞彌笑出聲音來。「用於律己之盔甲」。雖然無法確定聖伯說這句話的時候有幾分認真，但我似乎可以領悟其中的深意。好了，接下來該怎麼問才能探得更多訊息，並且不會勾起他們的疑心。

「萬屋的步美也是我們的學妹吧！」

兩人一齊點頭。

「她小我一歲、小亞彌姊五歲。」

我直到這時才發覺，這對夫妻的年紀是女大男小。亞彌突然神色一正。

「步美是個非常好的女孩喔！小淳學長還是單身吧？」

「嗯，還是單身。」

「不好意思，請問有女朋友嗎？」

怎麼每次輪休時總有人問我這個問題？

「很遺憾……」

我苦笑著回答。亞彌用力點了頭。

「步美已經名花有主了喔！」

克己用手肘輕輕頂了頂亞彌。

「幹嘛突然講這個，沒禮貌。」

「我不是講笑話也不是順口說說，是因為小淳學長很有女人緣。」

誤會了，我一點也沒有女人緣。

「這件事還是祕密。」亞彌一臉嚴肅。「步美交往的對象想向她求婚。」

「真恭喜她！」

「小淳學長還記得步美父母的那起車禍嗎？」

「關於那起車禍……」

我解釋自己絲毫沒有印象，大概是搬離這裡以後才發生的吧。他們兩人扳著手指數算。

「不對哦，發生車禍的那年步美兩歲，我七歲，當時小淳學長應該是八歲。您上中學前一直住在這裡吧？」④

「啊，原來是那時候！」

我七歲那年。對，應該是那時候。

「爸爸需要去台灣工作，所以我們全家一起搬去那裡住了半年還是八個月左右。」

原來是在那個時期發生了事故。在場的三人總算弄明白我不知情的緣故。亞彌的神情有些哀傷。

「那是我第一次參加別人家的喪禮，所以印象非常深刻。可愛的步美才兩歲，根本還是個小寶寶，大人把她放在坐墊上讓她睡。當時我想到這個小妹妹以後沒有爸爸也沒有媽媽了，真的好傷心。」

亞彌說，從那天起，她就特別照顧步美。這也是人之常情。儘管只和這位長大以後的亞彌聊了短短的時間，依然可以清楚感受到她的性格開朗又熱心。

「所以說嘍……」她無奈地笑著，側著頭說，「也許覺得我誇張，但我已經決定了非得親眼看著步美找到人生的幸福才行！」

原來亞彌在我提到步美的名字時，嗅到了一股異樣的氣息但卻誤會了，這才嚴正聲明，不許我造次。居然被人揣測出我別有用心，看來我的套話技巧還有待磨練。

---

④前文提到赤坂淳和萬屋步美相差五歲，此處根據計算是相差六歲。也可能是出生月份的關係，於計算足歲時略有誤差。為尊重原著，依照原文譯出。

回到自己的房間，打開窗子，坐在窗邊俯瞰商店街，點起一支菸。

我相信亞彌對這件事一無所知。剛才簡短交談幾句，馬上瞭解她是個不說謊的人。要是她知道關於西裝的內情，一定會露出不自然的表情。她唯一知道的事實只有父親每年訂製兩套西裝而已。

亞彌是個好女孩。克己娶到了一個好老婆。雖然因為女大男小，難免得奉行太座至上的信條，但爺爺以前說過，男人就得怕太太才是夫妻相處之道。不過，我可一點也不覺得爺爺怕奶奶呀。

聖伯已經隱居多年了，我不由得懷疑他怎麼有錢每年訂製兩套昂貴的西服呢？事實證明我想得太淺了。聖伯是專業的模型製作家，作品巧奪天工，至今依然站在業界的第一線。克己還苦笑著說岳父賺的比他多哩。除此之外，大廈的租金也是另一項收入來源。以他的財力，區區兩套西裝根本不成問題。

可是……。

「我的推論應該沒錯。」

每年兩套的數目也剛好一致。我不認為真有那麼湊巧。會不會是三橋先生每回拿到訂製的西裝之後就直接交給聖伯呢？所以亞彌送去萬屋縫補的那件聖伯的西裝，才會原本是三橋先生訂製的西裝。

就算是這樣……。

「愈想愈混亂了。」

真相究竟是什麼？

「等等，難道他是肇事者？」

造成步美父母不幸身亡的那起車禍，肇事者該不會是三橋先生吧？卡車司機這項職業，發生交通事故的機率極高。

「三橋先生為了贖罪，因此以顧客的身分持續到萬屋訂製西裝。可是伸一爺爺不肯收下款項。儘管答應接下訂單，卻不願意收下殺死自家兒子和媳婦的人拿來的錢。」

我自言自語說到這裡，頓時發現了矛盾之處。真要拒絕，應該連訂單本身都一併拒絕才合理。雖說是意外事故，一般人都不希望見到肇事者出現在眼前。

手機響了。是權學長打來的。

「喂？」

（久等嘍！）

「給您添麻煩了。」

電話另一端的權學長笑了。

（我開始講嘍？你正在調查的那個男人，三橋秀一先生，職業的確是卡車司機，不過這傢伙年輕時可是幫派成員哩！）

「真的嗎？」

（寫在資料庫裡，錯不了。前科紀錄只有傷害案，而且是二十幾年前的事了。）

二十幾年前，這麼說……。

（不過他金盆洗手已經很多年了，改過自新，老老實實地工作，現在是個有正當職業的民眾了。年齡五十歲，早前是你家的鄰居。老家在花開小路商店街南邊那條巷子的一棟公寓裡。他小學、中學都是從當地的學校畢業的，所以是你的學長哩！）

不但是鄰居，還是同所學校的學長？

「他的前科紀錄有沒有車禍肇事致人於死呢？」

（沒有啊，只有傷害案而已。而且還是最上不了檯面的打架鬧事。假如那一帶的居民都不曉得有這麼個人，恐怕只能查到這裡為止了。）

「非常感謝！這些資料已經夠了。」

我們約好下次在店裡請他吃午飯，結束了通話。

原來三橋先生在這一帶出生，是我們的鄰居。

而且年齡是五十歲。

剛好和步美的父母同年，說不定他們是同學；不，既然在這裡出生，絕對是同學！

「這麼一來……」

赤坂淳，快想啊！

這只是推論而已。

回到原點，回到一切事情的開端。從那裡再一次思考、重組。

他是卡車司機，從事的是平時不需要穿西裝的職業，為什麼每年要去萬屋西服店訂製兩套西裝呢？

只不過是訂製西裝，為何要將自己偽裝成公司高層呢？

假如他是步美父母的同學，根本沒必要這麼做。因為伸一爺爺應該認識三橋先生，知道他是兒子和媳婦的同學，就算讓步美知道他是誰也不足為奇。反倒是他多次來到店裡卻從未表明過這個身分才奇怪。

既然是同學，來家裡為他們上個香也是應該的吧。

可是，步美卻不知道三橋先生的真實身分。

為什麼要對步美隱瞞這件事呢？

而且還謊稱自己的經歷？

答案是「偽裝」。

為了每年來做兩套西裝也不會引人懷疑。

他是為誰而偽裝的？

三橋先生在萬屋西服店裡，不得不讓他偽裝身分的對象，只有一個人。

步美。

三橋先生必須隱瞞自己是她父母的同學，甚至不惜偽裝身分的理由。

不僅如此，伸一爺爺應該知道三橋先生是自家兒子與媳婦的同學，卻也協助瞞著孫女的理由。

「我明白你的想法了。」

聖伯散步時總是帶上一柄手杖。此時的他將手杖畫了一圈。這樣面對面，才發覺他真的很高，幾乎和我一樣高。

我向北斗問了聖伯散步的時間和路線，等在半路向他恭敬問好，說出整件事的來龍去脈，然後向他請教理由。我左思右想，這是唯一的辦法，非這麼做不可。

「所以，你已經將人情世故等一切因素統統納入考量，最後在不得已之下，決定直接來問我這個老人了。」

「身為刑警，真沒面子。」

「不。」聖伯露出微笑。「我認為這是正確的判斷。我是看著萬屋家的步美出生的，並且每兩、三天便會去找伸一兄飲茶聊談，竟然沒有察覺步美為此煩惱，應該要謝謝你才是。」

「不敢當！」

聖伯臉上浮現和藹的笑容，往後退了一步，從上到下打量我。

「請恕失禮。」

「怎麼了嗎？」

「以前見到時就覺得是個品行端正的好青年，既然是赤坂食堂辰伯的孫兒，自是家風良好。」

受人稱讚當然開心，我立刻鞠躬道謝。

「請問您和家祖父……？」

「當然是相交多年的老友。和令尊令堂也相當熟悉。」

難怪大家說他是這條花開小路商店街的名人。不分男女老幼，人人都稱他一聲「聖伯」。假如我一直住在這裡沒搬走，大概也會這樣稱呼他吧。

「到那邊坐吧。」

聖伯舉起手杖往前一指，是附近小公園的長椅。這個時段沒看到小朋友嬉戲的身影。

「你想知道為什麼我會有三橋先生的西裝，是嗎？」

「是的。」

我認為只要知道這一點，一切謎題都能迎刃而解。

「不過，大家都誇讚你是一名腦筋靈光的刑警。即使沒有從我口中聽到真相，你自己其實已經找到答案了吧？」

我不覺得自己的評價有那麼高，而且頂多是局裡的人說說而已，為什麼聖伯會知道這件事呢？

「我沒有取得任何佐證，真的只是憑空猜測，僅僅是用目前手頭上的資料編出一個故事而已。」

「那又何妨？我很喜歡聽故事，請講給我聽吧！」

聖伯那雙藍眼睛帶著十分和藹的目光。

「有一個幫派男子和一對夫妻從學生時代就是朋友，或許還是摯友。那對夫妻本身也是同學，他們無法生孩子。幫派男子不慎讓情婦或某個女人懷孕了，生下孩子後就死了或者拋下孩子離開了，總之那名幫派男子沒辦法養孩子，便把孩子托給那對同學夫妻照顧，當然也可能是那對夫妻主動提出這項建議的，因為三人的交情非常深厚。」我頓了頓，補充了一句：「就像亞彌和克己、北斗他們三個人那種深厚的交情。」

「唔，聽起來挺合邏輯的。」

聖伯微微一笑，點點頭。

「後來，幫派男子洗心革面，脫離了幫派。很可能是基於某種契機，比方說同學夫妻撒手人寰，為了孩子而決定重新做人。但他不願意讓孩子知道自己是親生父親，要是讓她知道了生父曾經是幫派成員，將會成為她得到幸福的絆腳石。」

「當一個人成為父母，真心為孩子的幸福著想，多半會做出這樣的決定。」

「親情的呼喚使他渴望見到自己的孩子。他拚命工作，希望給孩子留下一些東西，比方養育費，試圖將這筆錢交給撫養這個孩子的祖父。可是孩子的祖父拒絕了他的請求，既不肯收下錢，也不許父女倆見面。祖父告訴男子，如果真心祈盼孩子得到幸福就不要來見她，也絕對不准透露自己才是生父。這位祖父或許是為了悼念兒子與媳婦好不容易才得到了小孩，卻無端捲入車禍身亡的那份遺憾。雖說沒有血緣關係，但這位老祖父強力捍衛寶貝孫女未來的人生。這時，出現了一位居間調解的人士。可以想見這位人士是曾為幫派成員男子和那對已逝夫妻共同的友人。」

「原來如此。那麼，他如何處理呢？」

聖伯問道。

「這位人士建議，男子只要隱匿身分喬裝成顧客，每年去萬屋西服店訂製幾套西裝就沒問題了。如此一來，不僅可以見到孩子，也能透過支付款項將養育費交給祖父。這種方式對孩子最好。可是孩子的祖父雖然看在那位居間調解人士的面子上，同意讓男子來訂製西裝，也就是讓他在不透露身分的前提之下看孩子，卻說什麼都不肯收下那筆錢。於是，這位人士再度提議，改由自己收下那些西裝，然後把收下的西裝送到某處，譬如轉售給英國的西服店，並將賣掉西裝的錢存起來，等到那個孩子長大了需要的時候再交給她。換句話說，那位居間調解的人士，相當於她的長腿叔叔。」

聖伯不僅身材高，體態也相當好，那雙修長的腿更是令人羨慕。

聖伯始終保持微笑聆聽故事。聽完之後並沒有任何評語。

「我雖然編了這個故事，但還是有一個地方不懂。」

「哪個地方？」

「究竟是在什麼因緣際會之下，那位居間調解的人士成了男子和那對夫妻的好友呢？雖說住得近，畢竟年齡有一段差距。」

聖伯的嘴角微微上揚。

「這個嘛……」說著，他看著我微笑。「假如那位居間調解的人士，恰好被賦予與你相同的職責呢？」

「與我相同的職責？」

「是的。」聖伯點了頭。「你是個心地善良的刑警，連小學生都喜歡叫你一聲小淳刑警。街坊鄰居無論遇到大小煩惱，都來找你商量。倘若我也被賦予那樣的職責，即使擁有年少的朋友，也就不足為奇了。」

「我懂了。」

被賦予與我相同的職責。

聖伯是這座城鎮居民所景仰的長者。矢車家曾是這一帶的大地主，這位外國人由於深愛日本而歸化了日本籍。他的紳士氣度、博學多聞與和藹可親，人人都喜歡他。

所以，即使聖伯被賦予那樣的職責，也是天經地義。

儘管還有些許納悶，比方他為何會知道局裡對我的評價，但我決定不再多想了。因為直接請教，反而顯得多此一問了。

「聖伯……」

「怎麼了？」

「我很煩惱，不曉得該怎麼告訴步美才好。總不好把這個故事原原本本地講給她聽吧？」

「唔。」聖伯點了頭。「說得也是。她找你商量，總得讓她知道調查結果。倘若告訴她沒能查出答案，不僅無法消解她的煩惱，你這個輪休日也過得心裡不舒坦。」他側著頭，略微沉思，旋即微微一笑。「可以交給我處理嗎？」

「交給聖伯處理嗎？」

只要能有圓滿的結局，當然求之不得。

「為何我持有三橋先生的西裝，答案很簡單。只要用單純的方式解釋即可：我和三橋先生是朋友，西裝是他給我的，我總是回到英國時再量身修改。她並不曉得這些事。這樣說就行了。」

「的確說得通。」

聖伯沒有告訴我的是，他和三橋先生是否真是朋友。

「那麼，帳簿那邊呢？也就是三橋先生沒有付款的問題。」

聖伯咧嘴而笑。

「刑警只需要加總收據，但不需要記錄彙整出納帳表吧？」

「不需要。」

刑警雖然不做出納帳，但還是要製備文件。

「其實刑警的工作有一大半都是製作文書。」

「我想也是。那麼，你看過萬屋西服店的帳簿了嗎？」

我剛才只看了一眼。

「帳簿是手寫的，而且伸一兄的字跡應該很難辨識吧？」

「的確不好辨識。」

「既然如此，不妨當成看錯了。」

看錯了？

笑容滿面的聖伯緩緩點了頭。

「你傳個簡訊，告訴步美你還要再調查一下。這樣就好了。從明天起，你儘管放心繼續堅守刑警的崗位。我想不出兩、三天，最遲是你下一次輪休日，步美應該會親自拜訪，向你道歉說帳簿是她看錯了，上面確實有紀錄。她儘管納悶，但也只能接受這個結果，畢竟帳簿上出現了原本不存在的紀錄。」

我不敢請教是如何辦到的。還是別多問才好。

「至於三橋先生自稱是總經理之類的公司高層，這問題不難，就說是男人在年輕女孩面前為了面子而說大話吹噓就行了。如此一來，還能把父女之間那個不能說的祕密掩飾得更加完美了。」

聖伯說道。

聖伯敘述的事項逐一兌現了。

一星期後的某一晚，步美先問了我在不在家，這才專程送來一盒糕餅做為答謝。她說爺爺的確在帳簿上寫了收入款項，只是筆跡相當潦草。

除此之外，聖伯和三橋先生相當巧合地，是的，相當巧合地在萬屋西服店同時出現，原來兩人是朋友。還有，三橋先生坦承自稱總經理云云也只是愛面子，但是訂製西裝真的是他的興趣，至於之前亞彌學姊送去縫補的那件西裝則是三橋先生轉讓給聖伯的。步美說，聽完了解釋之後，根本沒什麼值得懷疑的。

步美第一次有機會和三橋先生聊了很久，三橋先生對於訂製西裝的知識與熱情，令她驚喜又感佩。

我忽然想到，步美或許是在聖伯精心鋪陳的安排下才找我商量，而這一切是為了讓三橋先生能夠親眼見證女兒成為新嫁娘的那一天。

即便無法以父親的名義出席，至少能列名賓客觀禮。

「我想太多了嗎？」

我不由得苦笑。三毛小姐也好，聖伯也好，這一帶的奇人還真不少。

〈花開小路事件簿〉之四　大學前書店的檸檬

1

「小淳，吃早飯嘍！」

輪休日的早晨總是奶奶這樣喚醒我。

原本應該是這樣的，但是今天早上大概不會聽到這句話，而是睡到自然醒了。

可是，當我迷迷糊糊地醒過來，把眼睛睜開一條縫望向靠牆擺放的鬧鐘後，發覺和平常起床的時刻差不多，還沒完全清醒的腦袋裡掠過一個想法——這就是所謂的習慣成自然吧。

接下來有一搭沒一搭地想著：噢對，今天早上奶奶不在家……不知道自己病好了沒……有胃口吃早餐嗎……。就在這時，忽然傳來一個聲音：

「小淳先生，身體還好嗎？吃得下早餐嗎？」

咦？

我轉過頭往門口的方向望去，只見房間的拉門被一個女人——一個不是奶奶的女人——拉開了一道

縫隙。

「三毛小姐？」

我昨晚發燒了。向同事真木先生借來他擺在抽屜裡備用的體溫計一量，竟然是三十八度，無奈等待處理的案件還堆積如山。高燒中，頭腦遲鈍、渾身僵硬的我努力處理完分內的工作，整個人卻昏昏沉沉的。老大勸我趕快去一家有夜間門診的本局特約醫院看病。打了點滴又領了藥之後，比平時早一點回到家裡。

奶奶很擔心。

「奶奶明天一早就得出門哪……」

是的，明天奶奶要去參加每年一度的同學會，大清早出門，晚上才會回來。店裡只靠爺爺一人打理，並且臨時改為自助式，請客人自行取餐回座。常客都能體諒這偶一為之的情況，奶奶並不在意，她擔心的是我的身體。

「沒事啦。我飯都吃過了，等下只要服完藥、穿暖些睡上一覺，明天就好了。又不是小孩子了。」

「真的嗎？」

「真的啦！只是一點點不舒服而已。要是為了這點小事害奶奶沒能去成每年最期待的聚會，我可會愧疚得燒得更燙哦！所以奶奶一定要去參加喔！」

「好好好，聽你的。」

我和奶奶聊完，鑽進被窩裡的時候是昨晚的九點過後。

等到睜開眼睛，三毛小姐就出現在眼前了。

「嗄？怎麼會……？」

我從床上跳了起來。

從床上跳起來的同時，我暗想糟糕了，年輕女生來到我的房門口，該不會有不方便讓人看見的東西扔得到處都是吧？所幸下一秒馬上想起來自己沒有那種見不得人的東西。

「早安！」

最羞於見人的頂多是自己這身睡衣吧。我的睡衣是高中的運動制服。還好沒有只穿一條內褲睡覺。

三毛小姐淺淺笑著向我道早，將房間拉門推到底，往房裡踏入一步。為什麼她身上罩著一件長袖連身圍裙呢？

「早安。」

她動作輕盈地在榻榻米上單膝跪坐，微微欠身再次道早。我也連忙向她欠身回禮，但還是毫無頭緒三毛小姐為何會出現在我的房裡。

「退燒了吧？」

「呃……我看看……」

嗯，退燒了。雖然發燒後的倦怠感還沒有完全消退，但身體已經沒事了，食欲也正常，可以感覺到肚子餓了。

「應該沒事了吧。可是，三毛小姐為什麼會在這裡呢？」

「我把房門拉開一點點想看一下你的狀況，見你好像已經醒了，所以就進來房裡了。」

「我不是那個意思，而是為什麼會出現在我家呢？」

三毛小姐噗嗤一笑。哎，她明明聽懂了，卻故意假裝誤解了我的意思。

「是梅奶奶的囑咐。她讓我看看小淳先生的身體狀況，如果恢復健康了就為你準備早餐，假如還沒康復就幫忙照料。」

「奶奶麻煩妳這些事？」

「不要緊，反正我今天沒事。」

不不不，問題不在於三毛小姐今天沒事，而是奶奶怎麼可以請託既不是親戚也不是我女友的三毛小姐來照顧我的起居！她又淺淺一笑。

「要吃早餐吧？我現在就去準備，請下樓用餐。」

她隨即起身，翩然離開了房間。這是我第一次見到三毛小姐在家裡的模樣，動作舉止真像貓咪一般輕巧。

我慌裡慌張地換好衣服走下樓梯，進入客廳前還提醒自己別撞上門框，三毛小姐已經從店裡端著托盤進來這裡了。早餐的菜色有白飯、味噌湯、烤鮭魚、剛起鍋的油炸肉餅、煎太陽蛋、馬鈴薯沙拉和醋拌涼菜。

「真是太麻煩妳了。」

「別客氣。」

我從未想像過三毛小姐做這身裝扮，但是三角頭巾和長袖連身圍裙還挺適合她的。她同時端來了自己的那一份，看來也還沒吃早餐。

「妳該不會還幫忙接待食堂的客人吧？」

「是呀。反正都來了，順便打工。」

「打工……」

奶奶怎麼連店裡的事都麻煩人家了呢！我望向食堂那邊，恰巧對上了爺爺的視線，發現爺爺的嘴角微微上揚。外人不知道，那是他覺得不好意思時的神態。能有年輕女生來幫忙店務，爺爺其實有點開心。

「我說三毛小姐啊……」爺爺在客潮散去的食堂裡點了菸說道，「既然小淳已經好了，妳快回去休息吧。不好意思，早上正忙的時候多虧有妳幫忙。」

「請不必客氣。那麼，我吃完早餐，洗碗擦桌之後再回去。」

「別忙了，這些事我來就行。」

「沒關係，交給我嘍！……我們先吃飯吧。」

三毛小姐笑著說。我們一起說開動了，隔桌相對而坐，開始吃起了早餐。

這個狀況使我的腦子有點混亂。實在沒想到會坐在家裡的矮桌前和三毛小姐共進早餐。

「真好吃！」

三毛小姐笑咪咪地說。這是我第一次和她一起吃飯，瞧她大口享用、吃得香甜的模樣，讓人同樣感到愉快。直到這一刻，我才終於放鬆下來。

奶奶不在家，也就不會又趁輪休日要我幫忙解決鄰居的苦惱。但我還是老樣子，沒有安排任何活動來度過一個充實的休假日。

「三毛小姐，妳今天沒事嗎？」

「對，不必去學校上課。哦，晚上又要向貴寶號借用場地唱歌了。」

「那麼……」我沒有特別的意思，只是覺得兩人剛好有空。「我們出去逛逛吧。看是午餐還是晚餐，由我請客做為答謝。不過，我完全沒概念該去哪裡比較好。」

三毛小姐有些擔心地問說：

「不是才剛退燒嗎？」

「沒關係，統統好了。」

這是實話。身體的倦怠感消失，頭也不再昏沉了。睡了一晚醒來就痊癒了。我的工作需要充足的體力，況且明天起又得忙著解決案子了，不會逞強的。

「如果病都好了，我當然很樂意接受邀請。」三毛小姐端起味噌湯喝了一口，將碗放回桌面，有些無奈地笑了一下，「只是，梅奶奶交代了一件事……」

「什麼事？」

「她說，如果小淳先生的病好了，就把這個交給你。」

她從烹飪服的口袋裡掏出一張便條紙遞給了我。

「這是奶奶給我的？」

「我沒有多問。如果梅奶奶有什麼吩咐，還是先處理那邊的要事吧。」

我揭開那張摺起來的便條紙，的確是奶奶秀麗的字跡。

「小淳：醒來時看到三毛小姐嚇一跳吧？鐘點費放在櫃子的抽屜裡，記得拿給她。三毛小姐一定會再三推辭，但無論如何都要請她收下，也別忘了要好好謝謝人家。」

當然得好好謝謝她。我現在正在想該怎麼答謝才好呢。

「另外，如果還是覺得不舒服，今天可得盡量休息，明天還得上班呢；但是假如早上睡醒後體力已經恢復而且沒別的事，那麼奶奶有件事想請你幫忙。」

唉。我裝作若無其事，不讓三毛小姐察覺異樣，其實在心裡暗暗嘆氣。

「知道那家大學前書店吧？小時候你常去那裡買書。最近那家店的書被人擱上『檸檬』了。」

「檸檬？」

我不由自主發出了聲音。書店被人放了檸檬——我好像在哪裡聽過這樣的事。

「檸檬？」

還沒吃完早飯的三毛小姐也不由得望著我，跟著複述了一遍。

「哦，沒事。」

忽然想到，或許三毛小姐知道這樣的事。

「我忘了在哪裡聽過某家書店被人放了檸檬……」

「哦——」三毛小姐點頭說，「那是一位名叫梶井基次郎的作家所寫的短篇小說，篇名是〈檸檬〉，就是那個水果的『檸檬』。」

「原來是那篇小說。」

作者將故事中的水果直接拿來做為小說的題目了。三毛小姐繼續解釋。

「我記得那個故事是有個年輕人買了檸檬，放在『丸善』的書堆上，然後離開了。」

「『丸善』就是那家丸善書店嗎？」

「對。」

「是喔。」

我有點好奇那篇小說後面的情節發展，但是不必急著問，以後再找來讀就好了。

「鈴木太太說，被放在店裡的水果還不只檸檬一種，雖然暫時沒有發生其他狀況，但心裡總是不舒坦。你去一趟看能不能幫上忙。那就麻煩你了嘍。」

我輕嘆了一聲——這回的事件是書店被人放了檸檬。

這次的情況倒是有跡可循，就是有人模仿經典作品的情節吧。

「三毛小姐，一起吃晚餐好嗎？」

「晚餐？」三毛小姐的眼睛瞪大了一些，「可是，梅奶奶不是有事交辦嗎？」

「我會在晚餐之前做完的。」

「這樣嗎？」三毛小姐露出微笑。「可以呀，我也沒別的事。」

「那等一下傳簡訊給妳。」

這可是千載難逢的好機會。就算大學前書店真的遇上了什麼狀況，我也非得在天黑之前解決不可！

三毛小姐果然說什麼都不肯收下鐘點費。她說自己只是過來幫個忙，沒有道理收受酬金。我只好提議用這筆錢請她享用一頓晚餐，她總算點頭答應了。

這樣一來，我一定要在吃晚餐前解開「檸檬」之謎不可。

吃過的碗盤收拾完後洗臉刷牙，由於奶奶不在家所以我得洗晾自己的衣物，然後把房間打掃了一遍。做完這些家務，十點過後踏出家門，走向大學前書店。那家書店與赤坂食堂位於同一個街區，恰好在食堂的斜後方。

大學前書店目前是由第二代的鈴木吉尾先生接手經營。他的姓和名都是常見的姓氏，所以我印象深刻。如同奶奶在字紙上提到的，那是花開小路商店街上唯一一家書店，所以我小時候經常光顧。不過我對文字書沒有太大的興趣，主要是去買漫畫和文具。

印象中，那時候的老闆應該是茂三爺爺，總是在店裡坐鎮。聽說好幾年前已經過世了。

和翔哉很要好的六年級同學小菜就是鈴木家的成員之一，如果沒記錯，她的全名是菜津埜。鈴木先生還有一個女兒，也就是小菜的姊姊，但我忘了她的名字。

「想不起來耶……」

小菜的姊姊應該是已經年滿二十的成年人了。

這家書店依然保有老商店街的懷舊風情。屋簷下的書架擺滿了雜誌，只剩下一道窄窄的入口，但是店內的縱深相當長，並且呈現L字型。漫畫都擺在裡面那一區，我以前常在那裡翻看漫畫，還惹來老闆的幾句數落。

「早安——」

我推開店門，和以前一樣，老闆就在進門左手邊的結帳櫃臺裡。

「喔，是小淳！」

鈴木吉尾先生，圓圓的臉孔配上一副圓圓的眼鏡，那顆光頭底下是親切的笑容。若是換上一襲袈裟，看起來真像是出家人。

「很久沒來問候了。」

「不不不，別這麼客氣。」一陣寒暄過後，鈴木先生的表情變得有些嚴肅。「小淳，你該不會今天休假吧？」

「對，今天輪休，所以過來一趟。」

「梅奶奶告訴你了？」

我回答奶奶寫在字條上了。

「先向你道謝了。可以麻煩你到客廳嗎？我太太在那邊。知道怎麼走吧？就在簾子的後面。我現在撥內線告訴她。」

「好的。」

花開小路商店街上規模較小的店鋪，家人的起居空間通常都是像這樣的，不是在一樓店面的後半部就是在二樓。我曾經跟著媽媽來到這裡的二樓參加過幾次鎮委會的例會。

我繼續往裡面走，掀開厚質綠色簾子的後方是倉庫，左邊有一道又窄又陡的階梯，每一階都堆放著紙箱或雜物，這種情形恐怕觸犯了《消防法》。這也是沒辦法的事，小本經營的商店不得不像這樣盡量利用每一吋空間。

我才踏上幾階，最上方已經探出一張臉來。

「小淳！」

這位是書店老闆娘，如果沒記錯，好像是光子太太吧。

「不好意思，休假日還麻煩你。」

我坐在廚房的餐桌前。光子太太端了杯咖啡給我。

「沒關係，只是舉手之勞。」

我覺得這些從小就認識的鄰居阿姨叔叔，歲月彷彿不曾在他們身上留駐；又或者是因為小時候只當他們是大人，根本沒有意識到年齡的問題。

「奶奶在字條上提到有人在店裡留下檸檬了？」

「就是說嘛！」光子太太邊說邊揮手，激動得探出了身子。「你知道梶井基次郎的那篇《檸檬》嗎？」

「大概知道一點，但是沒有仔細讀過。」

「好。」光子太太點點頭，伸手到後方的書架上取下一冊。「就是這本。」

她將一本袖珍書放到桌面上。

《梶井基次郎全集　全一卷》

名義是全集，實際只有一卷，看來是位寡作的作家。書封設計是一顆檸檬飄浮在一疊外文書的正上方。

「這本借你，回去有空讀一讀。」

「喔，不好意思。」

我原本打算既然來到這裡，就順便買一本回去看。這應該是誰的藏書，上面布滿翻閱的痕跡，散發出陳年舊書的氣息。

「簡單來講，就是寫了把檸檬留在書堆上面之後就離開了的一則短篇。」

「是，我聽說了。」

「算起來大概是兩個星期前吧，店裡的書上真的被人擺了一顆檸檬耶！」

兩個星期前。

「但不像這個書封上的是外文書。我們店裡的外文書不多，沒辦法像那樣平擺。」

所謂的平擺是書店的術語。也就是將書籍以呈現正面書封的堆疊方式陳列在檯面上。

「那是放在什麼書的上面呢？」

我想，從這裡應該可以找出線索。

「放在最新一期的漫畫上。」

「放在漫畫上面……」

光子太太說的是一本連我也知道的暢銷少年漫畫。這代表了什麼意義呢？至少我看不出來。

「是客人的小孩發現的，嚷嚷著『上面有檸檬耶——』。當時我和老闆都笑了起來，因為我們都讀過這篇小說。雖然不曉得是誰放的，只覺得這附近出現了一個頗有雅興的客人呢。」

「我明白您的意思。」

換成是我也會這麼想。這個舉動顯然是向一部堪稱經典的小說致敬。

「可是，兩天後，又被放了橘子。」

「橘子？」

「是呀！」

光子太太點頭說。

先是檸檬，再是橘子。

「我和老闆還是一笑置之。我們還笑著說，這個人的惡作劇從檸檬換成橘子，水果的等級怎麼變差了呢。」

或許是吧。如果第二次放的仍是檸檬，還可以稱得上有幾分雅趣。

「這樣的事件還沒結束吧？」

「對。」

三天後，這回是香蕉。

「香蕉？」

再隔一天，這回是奇異果。
「奇異果？」
接下來又輪回檸檬，然後是蘋果和橘子。
「這樣哦……」
光子太太把被放置水果的日期、星期幾以及發現的時間都寫下來了，但都各不相同，找不出任何規律性。
「三天兩頭店裡被放了水果，讓人怎不心裡發毛呢？」
「的確。」
關鍵在於完全不知道對方有何用意。
「除此之外，還有沒有發生其他不尋常的狀況呢？」
「沒有耶。就因為只有這件怪事，更讓人覺得莫名其妙呀！」
可以肯定的是，這絕不是單純的惡作劇。做出這種事的人重複了那麼多次同樣的行為，一定代表這是具有某種意義的舉動。
對方有可能試圖藉此傳達訊息，但我無法從中看出任何脈絡。除了都是水果以外，沒有任何共通點。
「每一次都放在漫畫那邊嗎？」

「是呀。老闆猜測，會不會因為那裡是櫃臺看不到的死角。」

我想應該是這個理由。

「被放水果的漫畫也沒有固定是哪一本吧？」

光子太太很肯定地點了頭。照這樣看，大概是隨手擺在方便的地方吧。

「這件事的確奇怪。」

「對吧？」

我們兩人都感到納悶。

「實在發生太多次了，我們現在都睜大眼睛盯著每個客人看，努力抓到犯人……或者該說是惡作劇的人。」

「但是不容易吧，店裡通常只有一個人看顧。」

「就是說嘛！而且水果小小一顆，塞在口袋裡就能帶進來了呀。況且託大家的福，上門的客人還真不少。雖然人潮不能和錢潮劃上等號就是了。」

光子太太露出了苦笑。正如她所說的，大學前書店開在大馬路旁，而且門口就是巴士站牌。候車的人常會順便進來逛逛，所以店裡總是人潮不斷。由於遇到下雨天，進來躲雨的客人幾乎可以用摩肩擦踵來形容。這條花開小路商店街的各店鋪客流量，說不定是這家店高居第一。

「店裡應該裝了監視器吧？有查出什麼結果嗎？」

光子太太點了頭。「我們看過了，但是鏡頭沒拍到放水果的那個平擺陳列架。雖然可以看到哪些人靠近那個架子，但是那邊是漫畫區，靠近那一區的人太多了，沒辦法找出是誰放的。不過，我們也還沒看完全部的攝錄影片。」

店裡的工作本來就忙，況且檢視監視器的攝錄影片是一項需要高度專注力和毅力的作業。除非是我們這種受過專業訓練的搜查人員，否則相當吃力。

雖是如此，我卻猶豫著不敢說出「交給我來」這句話。從現在開始檢視整整兩星期份量的監視器畫面，不曉得要耗費多少時間。

「監視器畫面是由老闆和老闆娘檢視的嗎？」

「我們兩個只很快看過一遍，美波正從第一天開始仔細檢查，可是沒什麼進展。」

「美波？」

「哎！」光子太太笑了。「你忘啦？我家大女兒，美波。」

「喔對！」

我想起來了，她名叫美波。

「大千金現在幾歲了？」

「今年二十三了，和白銀家跟松宮家的公子是同學呀。」

喔，原來她是克己和北斗的同學。這麼說，她和妹妹小菜相差十歲以上。

光子太太剛才說了「正從第一天開始檢查」，也就是美波目前在家。今天是平日，二十三歲的年紀一般而言已經大學畢業了。

「這麼說，美波小姐在家裡幫忙嗎？」

我基於職業習慣，不經意地問起了美波目前的工作。只見光子太太的表情有些不自然，下意識閃躲我的視線。

情況不妙。

這是當人們不願意回答時會出現的共通反應。這時多半是他們一時不小心走漏了本該嚴守的祕密。

「對，我們讓她暫時別忙店裡的事，先專心檢查所有的畫面。」

「瞭解。」

這並不是正式查案，所以我沒有多加過問。不過可以感覺到美波應該有什麼不想讓外人知道的隱情。

我決定不進一步追問。

「美波小姐現在正在房間裡檢視畫面嗎？」

「大概吧。」

光子太太往屋裡瞥了一眼。那個方向應該是美波的房間。

「她在房裡，但不曉得是不是在認真檢查。」

「那麼，那部分就交給她了。如果發現了可疑人物再通知我。接下來……」

我兩手抱胸，望著天花板思考。

有個人基於某種目的，把水果放在書店裡。

可是，除了這個行動之外，並沒有更進一步的作為。

就連作案人是男性或女性、大人或小孩都不知道。

「您……問過『平蔬果』了嗎？」

花開小路商店街上的居民幾乎都是在那家店買水果的。

「那還用說！」光子太太一臉得意地點了頭。「我裝作若無其事地問了那裡的老闆娘，最近有沒有經常上門只買一顆水果的奇怪顧客。」

唉，光子太太，這種問法實在稱不上是「若無其事」呀。

「老闆娘怎麼說？」

「最近沒遇到那樣的顧客。」

我想也是。隔三差五到蔬果鋪只要一顆水果，這種買法太惹人懷疑了，而且附近的便利商店也有水果可買，並不是只有平蔬果鋪才賣水果。如果每次只買一顆，去便利商店買比較不會讓人起疑心。

「我想不至於有那種情形但還是順便問一下……應該沒有人來店裡找麻煩，或是與人發生糾紛吧？」

「當然呀！」光子太太說，「如果有那種狀況，早就馬上請小淳幫忙解決了！」

我帶著那本《**梶井基次郎全集　全一卷**》離開了書店，沿著花開小路走向松宮電子堂。

好像已經養成習慣了……。

每次奶奶託我解決疑難雜症，總是去找北斗蒐集情報。下回得送個禮謝謝他才行。不知道北斗喜歡什麼東西，我得問問奈緒。

我沒有從正門進去，而是繞到後門。那裡有一塊堆滿了破銅爛鐵的小院子，裡面擺了長椅和遮陽傘布置成一處涼亭。之前聽克己提過，北斗正計畫重新進入大學完成學業，說是過去有一段時期將自己關在家裡之類的。不過他還那麼年輕，一定可以達成夢想的。

「喔，小淳學長！」

照例套著作業圍裙的北斗正在修理東西。維修間裡堆放的物品實在太多了，根本看不出來他正在修理什麼。

「早。」

「早安。」

北斗道完早，露出了同情的笑容。他明白我只在輪休日才會出現在這裡，而且必定是奶奶又託我調查事情了。

「今天要問哪方面的事呢？」

「不好意思，今天想打聽大學前書店。」

「美波她家？」

他隨口說出了美波的名字。不是同班同學就一定有交情，不過北斗看起來和美波還算熟識。

「對，是她家。有沒有聽到關於那裡的小道消息？」

「您指的是檸檬的事吧？」

「哦，你果然聽說了！」

「聽說了。」北斗點點頭。「她媽媽的個性藏不住祕密。」

我想也是。

「不過，這個消息還沒有流出去，先是奈緒聽說了，然後告訴我而已。」

「奈緒知道？」

「她是美波的社團學妹。」

原來如此。我把北斗從奈緒那裡聽來的內容，和我從光子太太那裡聽來的內容兩相對照，沒有任何出入，完全一致。換個角度來說，也就是沒有更進一步的消息。

「扒竊是書店經營的一大問題。」

「聽說是這樣。」

我們局裡也經常逮捕扒竊的傢伙。

「同一條商店街的人總不至於到別家店鋪扒竊，不過大學前書店內部還是裝設了好幾台監視器，可惜因為角度的關係，沒能拍到放水果的區域……。」

北斗意有所指地這樣說。

「你的意思是，作案人清楚掌握了監視器的拍攝範圍嗎？」

「嗯。」北斗點了頭。「我聽到那件事時，馬上想到這一點。因為那家店的監視器是我去裝的。」

「是哦？」

原來這也屬於松宮電子堂的服務項目。

「在裝設的時候，我當然已經把角度調整到足以含括需要的範圍，可是後來他們移動了書架的位置，所以才出現了死角。」

北斗苦笑了。
「原來是這麼回事。」
「是啊。所以，如果鈴木老闆移動書架位置時也來商量是否調整監視器的角度、或者增設更多監視器，也許就不會發生這樣的事了，可是鈴木老闆到現在都沒來找我。」
「大概是因為到目前為止並沒有受到實際的損害吧。」
「可能是吧。」
大家都是生意人，雖說是在同一條商店街上開店，畢竟專業諮商要支付諮詢費，假如決定增設監視器更是一大筆支出。以目前的景氣來說，恐怕每家店的損益狀況都相當吃緊。
「暫時還只是惡作劇，所以沒來找北斗商量——」
「——而是向小淳學長請教嘍！」
「是啊。」
我只能苦笑了。畢竟向輪休日的刑警諮商，不，即使向正在值勤的警察諮商，也不必支付諮詢費。
「話說回來……」
作案人……目前尚未構成犯罪要件，只能說是放置水果後離去的人，既然此人連監視器的位置都確切掌握，表示這是一起計畫性的犯行……噢不，是惡作劇。而這麼做，自然有其用意。

「應該沒聽說鈴木老闆與人結怨吧？」

「沒聽說。」北斗表情嚴肅地回答，「鈴木家在這條商店街已經開店多年了，而第二代的吉尾先生和光子太太也都為人正直，不可能與人結怨的。」

「不過，至少曾經將當場抓到扒竊的人交給警方處理吧？」

「這……」北斗的表情既生氣又無奈。「沒辦法，這種事的確會招人懷恨在心。」

其實，這是我的第一項推測，只是這種報復方式未免太輕微了。通常懷恨在心的人不會採取迂迴作戰，多半直接動手破壞以造成商家的損失。

鈴木家的相關情報大概只有這些了。這時，我忽然想到一點。

「我想問一下。」

「請說。」

「花開小路沿途都裝了監視器，對吧？」

「裝了。」

北斗點點頭。

「那些也是北斗裝的嗎？」

「不是，那是委託專業的保全公司設置的，不是我們這家店負責的。」

「監視器的攝錄影片，儲存在什麼地方？」

「商店街自治會辦公室，魚政鮮魚鋪二樓的倉儲間。主機放在那裡。」

「應該有拍到進出大學前書店的人吧？」

北斗側著頭想了一下。

「我不確定商店街上每一支監視器的角度和位置，不過應該涵蓋了大部分的範圍。當然，難免有幾家店位於照不到的死角。」

「自治會的負責人是誰？」

「現在是克己。」

聽到克己的名字，我有點吃驚。北斗看到我的反應，笑了一下。

「不久前還是由島津綢布莊和寶飯中菜館的店主擔任的，上次召開大會時提案討論應該由年輕世代接手了，所以決定從花開小路商店街接班人聯誼會之中選拔出來。」

「最後表決通過的是克己了。」

「那傢伙最具行動力，更重要的是，他現在是矢車家的女婿。」

對了，他是亞彌的丈夫。矢車家曾經是這裡的大地主，而聖伯更是備受本地居民的愛戴。

「不曉得克己會不會答應讓我偷偷看一下監視器的攝錄影片呢？」

北斗低頭思索了一下。

「小淳學長是刑警，況且克己很崇拜您，我猜他應該會說好，但恐怕不容易通過亞彌姊那一關。」

「亞彌？」

「以克己那傢伙的個性，在收到小淳學長的請託之後，一定還會去徵得亞彌姊的同意。問題在於亞彌姊是個非常循規蹈矩的人，做事總是一板一眼，雖然知道小淳學長不可能拿攝錄影片去做壞事，我認為她仍會要求按照規定辦理申請手續，也就是必須由大學前書店在自治會的大會上說明發生了這種事所以委託小淳學長檢視監視器的攝錄影片，請求核發許可。」

「這樣啊……」

聽起來的確符合亞彌的個性，這下可傷腦筋了。北斗的笑容也有些無奈。

「當然啦，就算按照程序提出申請，對小淳學長來說也無所謂，問題在於那樣太耗時間了。」

「是啊。」

那樣一來，恐怕好幾個輪休日都過去了還沒拿到許可。北斗偷偷瞧了我一眼，為難地抓了抓頭。我覺得他應該把額前那片過長的劉海剪短一點，若能換個清爽一點的造型，一定會變成一個型男。

「不過呢……」

「不過呢？」

「我可以看。」

什麼意思？

「我是花開小路商店街接班人聯誼會的總幹事，又是經營電器行，所以自治會辦公室的電子相關事宜都由我全權負責，所以我可以進到辦公室檢視監視器的攝錄影片。」

「你的意思是，願意幫忙檢視畫面？」

他肯定地點了頭。

「只需要檢查大學前書店懷疑被放置水果的那段時間進出的顧客之中，有沒有看起來形跡詭異的人就可以了吧？今天沒有送貨和修繕的急件，我現在就可以著手檢視。而且，我應該比小淳學長更清楚畫面中的人物是不是這附近的居民吧。」

儘管有些愧疚，還是接受了北斗的好意。的確，就算我自己檢視監視器的攝錄影片，也無法確認是否為商店街的店家或是這一帶的居民。

我走在花開小路上，茫然地望著人潮往來。現在是平日的上午時段，但商店街並不寂寥。當然，算不上熱鬧的程度，不過鎮上還是有行人走動，不至於淪為一灘死水。

爺爺和奶奶都說，這一切都是多虧了那幾座神祕的雕像。我想爺爺奶奶說的是事實。街上有些貌似觀光客的人在那些雕像前面看得入迷。之前聽克己說過，商店街原本一天比一天慘澹的生意，現在已經完全復甦了。雖然還稱不上大發利市，至少絕大多數商家都得以躲過了歇業的危機。

「真值得慶幸……」

我從赤坂食堂的店簾底下鑽了進去。原以為還沒到午間用餐時段，店裡應該沒有顧客，卻看到權學長一個人獨坐桌前。

「嘿，小老闆！」

誰是小老闆啦！還有，桌上那瓶啤酒是怎麼回事？

「學長今天輪休嗎？」

我邊問邊在權學長的對面坐了下來。

「廢話，不然怎麼可以大白天的喝起酒來了呢！我可是個恪守本分的刑警哩！」

權學長說得沒錯。他那口道地的江戶腔和不修邊幅的外表，確實容易招人誤會，其實他真的是一位盡忠職守的好刑警。甚至因為過於盡忠職守，才落得離婚的下場。

「您可別喝多囉。」

「才不會哩！醫師說的話我可是牢牢記住了。只喝這一瓶，吃完午飯就回家去。」

權學長的住處離這裡並不近，不懂他為什麼三天兩頭來這裡吃午飯。當然，我很高興有人喜歡赤坂食堂、喜歡吃爺爺精心準備的飯菜。

「我說，小老闆啊……」

權學長笑得不懷好意。

「那是什麼詭異的笑法？」

只見他笑得更得意了。

「我聽辰伯說了，你今晚終於要去約會嘍？」

哎，爺爺怎麼把這種私事說出去了呢？

「呃，我不否認確有此事，可是今天是輪休日，並不妨礙公務吧？」

「那當然！雖說我們認識的日子還不長，但我很擔心你這個帥哥怎麼都交不到女朋友哩。」

「多謝您的關心哦。」

說完，權學長點了菸，呼了一口菸氣，正了神色。

「那位叫三毛小姐來著？如果你和她夠熟，也讓我知道她的身分嘛。」

原來是這個理由。

「您在辦案現場看過她幾次吧？」

「是啊。」他點了頭，表情顯得有些擔憂。「前些時候又看到一次了。那天正在搜索一個網路詐欺犯的老巢。不過這次不是在現場，而是在附近的車站看到的。」

「車站……」

權學長又呼出一口菸氣，輕輕點頭。

「算起來總共六次了。上回在這裡遇到她的時候，我回去重新算了一遍，不會有錯。一個沒有任何交集的人，卻在這一年內的工作地點足足遇到了六次。」

權學長又補了一句：實在不像是巧合。

「神祕的三毛小姐。」

「對極啦！神祕得很。」

短短一年之內，竟在案件的現場及周邊被目擊了那麼多次，這種情形已經無法用巧合一詞來解釋了。

「我們這位優秀又認真的權藤刑警，絕不可能看走眼的！」

「用不著拍馬屁，我本來就優秀又認真！總覺得她有什麼企圖。」權學長接著話鋒一轉，「但是那位三毛小姐，怎麼每次看到她時總是背著吉他盒哩？」

她的確時常帶著那只吉他盒，好像除了去學校教書的時候以外，總是背著它。

「假如她出現在我的辦案現場是帶著某種目的，實在難以想像為什麼要讓自己那麼引人注目。」

「說得也是。」

若要推測她的目的，不是監視權學長的行動，就是觀察警方的動態了。

「如果是為了這個，應該盡量掩人耳目才對。」

「就是說嘛。要想知道事件發生的地點只有兩種管道，不是竊聽警方無線電頻道，就是探問警界人士。可是無論是哪一種，機率都太低了。怎麼想都不覺得那樣一個年輕女孩會做出那些舉動。」

「也對。」

當然，有些業餘無線電迷能夠輕易竊聽警方的無線電頻道。

「假如三毛小姐的住處有那種設備的話，應該會被人察覺吧。」

翔哉說自己經常去三毛小姐家玩。男孩子特別喜歡這類機器，如果有，一定會發現，而一旦發現，絕對會跑來告訴我說三毛小姐家有很厲害的機器。

「有道理。」權學長也點頭同意我的分析。「但如果裝在自己的車子裡，就不會被發現了。」

「她應該沒有車子。」

照這麼看，結論或許真的是機率極低的巧合。

不過這樣的巧合發生在三毛小姐她身上，似乎又很合理。我無意宣揚神鬼之說，該怎麼形容才好呢，用「古怪」太誇張了，用「謎樣」也不夠貼切，或許只能說是具有獨特的魅力。

「如果你可以直接問她，當場就能得到答案了。」

「說得也是。」

今天假如能夠順利解決奶奶交辦的這件事，晚上和她一起用餐，或許可以請教原因。不過我覺得，應該不是什麼大不了的理由。

2

首要之務是「檸檬」。

權學長今天輪休，不好意思麻煩他，況且覺得自己應該先讀完這起事件所援用的原著，也就是梶井基次郎的〈檸檬〉才能有所啟發，所以沒請教權學長的看法，等他離開之後，我才回到自己的房間開始讀起這本書。

我讀的小說不多，但並不討厭閱讀。上中學時已經讀過了夏目漱石、森鷗外、芥川龍之介等等文豪的代表作。近期看的小說是東野圭吾的作品。是的，主角是刑警。

實際上喜歡閱讀小說的刑警，有很高的比例喜歡看以刑警為主角的故事。除了取材的真實細節能夠引發共鳴，有時故事情節也令人義憤填膺，恨不得能親手偵辦那起案件。當然了，每一個警察都希望現實生活中不要發生任何案件。

刑警也是凡人。況且從事這個行業的人，個個都充滿了正義感，難免在心裡期盼有朝一日自己能夠偵破大案，享受那股英雄式的快感。

只是，現實往往是另一回事。大案的背後總是有犧牲者，關乎生死。即使十分帥氣地解決了這種大案，也無法享受一絲一毫的成就感，唯有面對被害者、加害者與倖存者的沉重現實。

〈檸檬〉這部短篇小說字數不多，一下子就讀完了。

「原來是這樣的故事。」

真是一部好作品。

「我喜歡這篇小說。」

青春歲月的焦躁難耐，可以說是文學創作最雋永的題材之一。我上網搜尋梶井基次郎是一位什麼樣的作家。簡要來說，這位英年早逝的作家雖然才華洋溢，但生前並未享受到大眾的讚譽。

在那個年代，懷才不遇並不罕見。畢竟不是各項資訊快速交流的今日世界，一個人即使擁有才華，無奈缺乏傳播媒介，根本沒有方法廣為周知普羅大眾。恐怕有千千萬萬的文學家還來不及發光發亮就黯然殞落了。

本想接著閱讀他的其他作品，可是全集只有一本，一口氣讀完太可惜了，還是留著慢慢品味吧。不過這本書是借來的，我打算歸還大學前書店，自己買一本回家詳讀。

我想，自己總不至於中了大學前書店為了促銷而設下的圈套。以後乾脆把閱讀培養成一項興趣吧。

「眼下還有更重要的事。」

我沒有從梶井基次郎這篇作品之中找到解決這起惡作劇的線索。作案人應該只是單純模仿在文學界與小說迷之間名聞遐邇的舉動，也就是「把檸檬放在書店之後離開」。

所以，唯一可以確定的是，這是給大學前書店的一項訊息。

「那麼接下來……」

在北斗檢視完監視器攝錄影片聯絡我之前，還有什麼其他地方可以查到更多線索的呢？

這明顯是具有某種意圖的惡作劇，不過感覺上不像是挾怨報復。假如是因為扒竊失風被扭送警局的人決定報仇，不可能做出如此充滿文學性的惡作劇吧。

既然不是這個原因，也就可能事關隱私了。

北斗也說了，大學前書店的聲譽很好，鈴木夫妻為人敦厚。光子太太說他們家沒有與人結怨，我也這麼認為。

「原因會不會在美波身上呢？」

我有點介意光子太太不自然的反應，似乎有什麼事不想讓人知道。美波是不是有什麼難言之隱呢？說不定那就是導致這起事件的遠因。人生在世，難免會招災惹禍。

我走到一樓，店裡已經坐著不少客人。爺爺在廚房裡揮汗烹煮。自從我搬回這裡以後，原本打算輪休時幫忙店務，卻被爺爺訓了一頓，他說這是他的工作，而我的工作是當刑警，所以休假日要充分休息，工作時才能善盡職責。

「爺爺，我午飯到柏克萊吃。」

「好。」

爺爺應了一聲，沒有回頭。客人都能體諒今天的特殊狀況，自己去端煮好的餐食。我逐一向客人點頭問候，走出店外。

柏克萊餐館的隆志舅舅是媽媽的弟弟。大學畢業後在貿易公司上班，聽說是頗受器重的菁英。某一天他突然說要開店，在這裡開起了西餐廳。也許有人認為彼此是親戚，竟在隔著商店街的正對面同樣開設餐飲店這簡直是搶生意，但是爺爺——對舅舅來說是姊夫的父親——卻欣然同意。爺爺說，雖然是同一門生意，但日本料理和西式餐點種類不同，臨時有什麼狀況還能互相照應，這樣不是很好嗎？不過舅舅現在沉迷於咖哩的魅力之中，幾乎轉型為咖哩專賣店了。

媽媽那邊親戚的性格多數是中規中矩，唯獨這位獨樹一幟、不按牌理出牌的舅舅，我從小特別喜歡。領著我走進酒香世界的人也是這位隆志舅舅。

現在正值中餐的尖峰時段，所以我沒有從正門進去，而是繞到後門。

「午安——」

廚房裡，威風凜凜地站在並排的好幾口鍋子前面的舅舅轉頭過來。

「喔，是小淳！怎麼，來吃飯的？」

「對。」

當然，雖說是舅舅和外甥，我已經在社會工作了。舅舅總說不收錢，但我非得按價付款不可，否則回家會挨爺爺一頓好罵。

「那我幫你準備特色咖哩，上樓去等。飯量加大？」

「好，麻煩舅舅了。奈緒在嗎？」

「在啊。」

這裡是熟悉的親戚家。我在樓梯最底下脫了鞋，爬上二樓。打開玻璃門就是客廳。奈緒的背影正在裡面的廚房忙活。

「妳好。」

奈緒回頭，對我露出微笑。

「小淳哥哥，怎麼來了？」

奈緒手裡端著一份餐盒，該不會是北斗的吧？

「來吃咖哩飯嗎？」

「對，不過想順便問奈緒一點事情。」

側著頭的奈緒臉上寫著：是哦？

「等我一下，我先把這個送去給北斗。」

舅舅口中的特色咖哩是以雞肉咖哩為基底再摻入牛肉和番茄。由於經過慢火久燉，食材幾乎都化了。接著再灑上各種香料攪拌，味道好極了。雖是揉合了各種香氣的味道卻又辣度驚人，是一種讓人吃一口就忍不住笑著喊一聲「好吃！」的美妙滋味。在這條愈來愈冷清的花開小路商店街上，柏克萊餐館堪稱是唯一一間生意興隆的商家。

就在我快要吃得盤底朝天的時刻，奈緒奔上樓梯，趕回家裡了。

「久等囉！」

她嚷了一聲「我也要吃午飯」就衝進廚房，端出一盤大概和北斗的餐盒菜色相同的飯菜回到桌前。

「我問妳。」

「怎樣？」

「妳不和北斗一起吃餐盒？」

奈緒嘻嘻笑了起來。

「天天都做午飯送過去，還賴在那裡一起吃，怕他會嫌煩。」

「會嗎？」

「北斗原則上喜歡獨處。」

或許是這樣吧。畢竟兩人認識多年，奈緒很瞭解對方的個性。

「北斗在家嗎？」

「在家呀！」

原來他已經回到家裡了。好，那邊不急，等我這邊先問完再說。

「我想問妳關於大學前書店的美波的事。」

「嗯。」

吃著煎蛋捲的奈緒點點頭。

「聽說她是妳的社團學姊？」

「對，網球社。」

我現在才知道奈緒在學校時參加的是網球社。這時，奈緒露出了恍然大悟的表情。
「小淳哥哥該不會是想問檸檬的事吧？」
「就是那件事。」
「原來如此。」
奈緒點點頭。
「檸檬的事我已經聽光子太太說過了。妳知道美波目前在做什麼工作嗎？」
「呃……」奈緒歪著頭思索該怎麼回答。「什麼都沒做。」
「幫忙家務嗎？」
奈緒又邊想邊挾起炒牛蒡絲送入嘴裡。看著她做的餐盒配菜，讓人垂涎欲滴，廚藝應該不錯，可以嫁人了。
「美波學姊從專科學校畢業後就到一家婚顧公司上班了。」
「嗯。」
「可是……」奈緒臉上透著幾分傷心。「後來發生一些糾紛，她好像辭去工作了。」
「一些糾紛？」
美波皺起眉頭，再度尋思該如何解釋。她從小想事情時總是皺著眉頭。

「這件事不方便說出去，不過小淳哥哥是刑警，應該會保守祕密吧？」

「那當然！」

這相當於我的職業道德。

「美波學姊似乎曾經介入別人的婚姻。」

介入別人的婚姻。

沒想到還牽扯出這種事情。

「那個男人是有婦之夫，但是彼此都動了真情，最後終究以分手收場。學姊從此情緒極度低落，好像一直把自己關在家裡，不過這部分沒有得到證實。」

「把自己關在家裡……」

原來是這種情形。奈緒有些緊張地拚命搖頭，擔心我誤會了。

「可是我傳簡訊給她都會回覆喔！打電話給她也會接！她只是不肯到店裡幫忙，也從不出門。該怎麼講呢……」奈緒的神情十分悲傷。「她說過，自己再也不相信這個世界了。而且她也不怎麼吃飯，鈴木家的伯父伯母都很擔心。」

我明白了，光子太太試圖隱瞞的原來是這件事。女兒已不是小孩，而是二十二、三歲的成年人了，卻躲在自己的房間裡不肯出來。要是讓外人知道，的確很沒面子。更不用說商店街的小道消息總是一傳

十、十傳百，沒多久便人盡皆知。難怪光子太太無論如何都要瞞住此事。

「妳認識那個有婦之夫嗎？」

奈緒搖了頭。

「從沒見過。我和美波學姊的交情還不到無話不談的程度。」

「那……這件事是從哪裡聽來的？」

奈緒頓時露出了「糟糕」的表情。她吐了吐舌頭。

「不告訴你！」

哎，就算不告訴我，我也知道是誰。

「是北斗吧？」

「對。」

她點了頭。北斗那裡是各種流言蜚語的萬宗歸一之地。這麼說，北斗或許知道那個有婦之夫的身分。

吃過飯，我向舅舅道謝並聊了幾句，然後走出了餐館。想想，我雖然沒有「晴天男子」的綽號，但輪休日總是幸運遇上萬里無雲的好天氣。我在商店街中央的長椅坐下，點了一支菸。只有旁邊擺設菸灰筒的這地方是吸菸區。

填飽了肚子，該開始動動腦了。

「足不出戶……」

不過美波仍然會回覆訊息和接聽電話，所以還沒到斷絕一切外界聯繫的地步。光子太太也說正在讓她檢視監視器攝錄影片，表示應該不至於連一步都不肯踏出房門外吧。

「與有婦之夫相愛，最後以失戀收場……」

我沒有談過那種戀愛，而且身為男人，其實無法理解女人的心思，不過一個二十二、三歲的女孩遇上這種事，可以想見必定非常痛苦。美波交往的對象是誰、又是如何變成這樣的結果，我想北斗應該略知一二，況且他那裡是各種小道消息的匯聚之地，說不定連細節都清清楚楚。

要不要現在去找北斗呢？還是再等一下吧。雖說他是電腦高手，總不可能在這麼短短的時間之內看完商店街監視器的所有攝錄影片。

我低頭抽菸，思索接下來該去哪裡好，忽然傳來一聲清脆的踏地聲，緊接著一雙皮鞋和手杖底端映入了我的眼簾。這一位是……！

我猛一抬頭，眼前站著一位面帶和藹笑容的老紳士。

「聖伯！」

「刑警先生，你好。」

矢車聖人，堪稱花開小路商店街最具代表性的人物。他單手頂了頂頭上的白色巴拿馬帽，向我打了招呼。不久前我才聽聞，他還是英國籍的時候，名字是德涅塔斯．威廉．史蒂文生。

「今天休假？」

「是的。」

聖伯身段俐落地在我旁邊落座，實在看不出是年過七旬的老人家。他摘下巴拿馬帽擱在自己的腿上，再將手杖打橫輕擺在腳邊。每次見到聖伯時總是十分佩服他的一連串動作猶如行雲流水，大概就是人們常形容的洗鍊二字吧。淺奶油色的麻質西裝恰到好處地烘托出他的氣度。這套西裝想必用的是上好的面料。

他從胸前的口袋掏出一隻 GITANES 的菸盒，說聲失禮了才點燃一支。

「我記得您抽的是菸斗？」

我聽克己提過這件事。聖伯是他的岳父。擁有如此高尚優雅的老丈人，對女婿來說應該是一種無形的壓力吧。

「菸斗在家抽，出門散步時帶的是捲菸。」

而且菸草的品牌還是 GITANES。沒想到一個英國人會抽法國菸。

「你今天休假卻一個人在家門前抽菸，沒有安排什麼行程嗎？」

我無奈地笑了。

「每逢輪休日，奶奶總有事囑咐我處理。」

聖伯聽完也露出微笑。

「心地善良是你的優點，任勞任怨。」

「倒也不盡然。」

「從事刑警行業的人有個共同特徵。」

什麼特徵呢？

「當然，每個人都有性格差異，不能一概而論，但還是有共通之處。」

「是嗎？」

聖伯微微一笑。

「就是那一項。」

哪一項呢？

「腦海裡浮現的第一個想法通常是問號。有很大的比例是拜訓練之賜，不過天生資質也有極大的關係。在任何地方的所見所聞，腦海裡浮現的首要念頭不是相信而是懷疑。這樣的人會選擇刑警作為終身志業。舉例來說……」聖伯拾起手杖，指向不遠處的那尊雕像。「當看到那件藝術作品的時候，一方面讚嘆美麗，一方面思考『為何如此美麗？』，你說是不是？」

或許正如聖伯所說的。

「這種人還真疑神疑鬼呀！」

「不是那樣的。應該說，這樣的人不會全然流於情感，總是站在客觀角度思考。這不是每一個人都辦得到的，是值得誇讚的優秀資質。」

沒想到自己得到了聖伯的稱讚。

眼下的煩惱不如請教聖伯吧。他擁有不可思議的特質，還深具洞察力，一定能切中我沒想到的盲點。

「聖伯。」

「什麼事？」

「請問您是否知道一部日本小說，梶井基次郎的〈檸檬〉？」

「當然知道。」聖伯頷首。「我深愛日本的一切，小說也不例外。」

不愧是聖伯。

「我打個比方，假如有一家小書店的書上被人放了一顆檸檬。」

「嗯。」

點著頭聖伯的臉上逐漸浮現笑意。

「可是隔幾天換成放了橘子。接下來依序是香蕉、奇異果、檸檬等等水果。放置的時間和星期幾也都沒有規律可循。依您的看法，這種惡作劇是什麼意思呢？」

「確實值得玩味。」聖伯換上了鄭重其事的神情。「我明白了，這是你這次休假日的作業吧？」

「可以這麼說。」

「唔……」

聖伯輕提手背支著下顎，陷入沉思。我內心有幾分雀躍的期待，聖伯或許會立刻給予暗示，指點迷津。

然而，這一次的事似乎和聖伯毫無關聯。

「你剛才打個比方的那家書店，應該是大學前書店吧？」

「不好意思，的確是大學前書店。請幫忙保密。」

「那是自然。那家書店應該裝了內部監視器吧？沒有拍到作案人嗎？」

「不巧位於死角。說不定作案人也知道那個角落拍不到。」

「原來如此。」聖伯再度頷首。「此事交由你解決。不過，應該不是犯罪行為，只是傳遞訊息。」

「您也這麼認為？」

「唔。」聖伯極為肯定地頷首。「那個惡作劇的作案人，必然是要向某人傳遞訊息；而接收那項訊息的是大學前書店的某個人。只要釐清此點，一切疑問當可迎刃而解。」

我們又閒聊了一陣，聖伯抽完一支菸，起身說句先失陪，瀟灑地邁步而去了。我期許自己年老時也能像他那樣挺直腰桿地漫步街頭。

聖伯也認為那是傳遞訊息。

「應該錯不了。」

如此一來，接收訊息的人只有一個。鈴木家共有四名成員，二女兒小菜可以排除在外。

可能性最高的是美波。

三天兩頭就有檸檬和各種水果放在大學前書店。

而那家書店的長女足不出戶。

「或許是……那個意思吧……」

我去北斗那裡，只見他在作業檯前，一臉專注地在一個機座上錫焊零件。

「打擾你工作了。」

「喔，小淳學長！」

他連我進來都沒察覺，可見注意力有多麼集中。

「抱歉，你正忙。」

「別這麼客氣，快請進。我已經檢視完畢了。」

「全部？」

我只是抱著一絲希望過來問一聲而已。北斗得意地笑著指向電腦。

「這是我為了進行檢視作業而從那邊拿回來的儲存資料，而正在看的時候，小淳學長恰好來找我

……您懂我的意思吧？」

「瞭解。」

螢幕上映著監視器的攝錄影片畫面。

「我先說結論吧，監視器沒有拍到形跡特別詭異的人。」

「我也想是。」

如果真有那種人，鈴木夫婦應該當場察覺了。

「不過呢……」

「嗯？」

「在被放置水果的日期和時段，總會拍到某一個人進出店門的身影。」

「和所有的時間紀錄都吻合嗎？」

「全都吻合。」北斗點了頭。「我看到時也有點嚇了一跳。」

「認識的人？」

「至少我們認識。」

「『們』？」

「我們這些同學。」北斗補充。「那是和我同班的男同學，當然也是美波和克己的同班同學。」

北斗按了幾下滑鼠，播錄影片開始播放，等到有個男人走出大學前書店的那一刻，他立刻按下停止按鍵。

畫面中的年輕男人一身輕便服裝，看起來像是穿著牛仔褲和T恤，再外搭一件襯衫。他把帽簷壓低，盡量遮住面孔。

「他的名字是相川康利。」

「相川學弟……」

由於監視器拍攝的影像並不十分清晰，但還是可以看出是個瘦瘦高高的男孩。

「他曾經重考，後來又讀了研究所，所以現在還在大學讀書，正確來說應該是在上研究所。」

「那是學霸嘍？」

「就是說啊！」北斗笑了。「最典型的讀書滿分、運動零分。相川很喜歡閱讀，所以上書店沒什麼好奇怪的，問題是他家離這裡非常遠，不可能大老遠跑來大學前書店買書。」

「你的意思是，他一定是專程來這裡找同學，也就是美波嘍？」

「對！……應該是吧……」

「可是，美波和他應該沒什麼事可聊吧？」

北斗搖頭否認了我的猜測。

「不見得。」

「怎麼說？」

「相川和美波上高中時曾經交往過，兩人互為前男友和前女友。」

沒想到居然和幾年前的往事有關。我望向北斗，兩人對看了好半晌。

「這麼說，接下來應該交由他們兩人處理嘍？」

「這個嘛……」北斗猶豫地皺起眉頭。「接下來，或許由我們這些同學一起處理吧。小淳學長，您已經知道美波和有婦之夫交往過了吧？」

我點了頭。

「我從奈緒那裡問到的。」

北斗笑了，臉上寫著「果然是聽她說的」的表情。

「算起來是一年前了，是相川找我們商量時，我們才知道美波的事。」

「是哦。」

「相川和美波分手時並沒有交惡，主要的原因是相川是個成天埋首書堆的呆頭鵝，就這樣漸漸淡了下來。相川到現在還是愛著美波。」

我對美波的印象不深，只隱約記得是個活潑而好強的少女。

「以她這種類型的女孩，大概沒辦法一直默默等待著另一半吧。」

「就是說啊。所以美波並不是討厭相川，只是性子急，等不住了而已。」

這種情形相當常見。其實我自己也是因為這樣才被甩了。

「所以，他們兩人到現在應該還透過簡訊保持聯絡。我想，和有婦之夫交往的事，或許也是美波問相川對於這類事情的意見時，自己不小心說溜嘴的。之後相川才找上從小一起長大的我和克己商量。」

「他來找你們商量？是不是想問問如何幫助美波走出這段傷痛？」

「就是這樣。」

原來北斗是從這裡知道的，而不是聽到什麼小道消息。

「你知道美波一直躲在房裡不肯出來嗎？」

北斗微微點頭。

「我和克己都很擔心，也傳過簡訊給她，她會回覆，文字內容也很正常。我們覺得，再給她一些時間，應該會自己走出來吧。」

「但是相川希望幫助她早點走出來？」

「是啊。」

說不定，在書上放檸檬的舉動，對他們具有某種特殊的意涵。

「相川喜歡閱讀，當然知道〈檸檬〉這篇小說；而美波是書店的女兒，應該也曉得吧？」

「應該吧。」北斗點了頭。「或許在兩人交往的期間，梶井基次郎的〈檸檬〉為他們留下了一段特別的回憶。儘管美波與他分手之後一度愛上了有婦之夫，但是相川至今依然愛著她，也很擔心她這樣把自己關在房間裡。」

於是……。

「他心生一計，要用自己想到的辦法引誘美波走出房門外。我猜，相川應該曉得美波會檢視監視器的攝錄影片；就算她一直躲在房裡，一旦聽到家裡人說店裡的書上被放了檸檬，也不可能不出來一探究竟。而當她從影片中看到相川的身影，必然明白檸檬是相川給她的暗號。」

「嗯！」

北斗用力點了頭。

「美波的爸媽雖然知道她高中時代的男友是相川，但應該沒有正式見過面。從監視器的畫面來看，相川的裝扮也刻意掩飾自己的身分。」

「……只讓美波認出他是誰。」

「對。」

或許擺在書上的水果種類沒有特別的含意，是檸檬也好、橘子也好，甚至是其他水果都無所謂。

「也許因為相川是美波的前男友，她覺得有些尷尬，所以拒絕相川的各種聯繫，訊息已讀不回，電話也不肯接聽。既然如此，相川唯一想得到的辦法就是一直到店裡放水果，希望透過這種惡作劇讓美波願意出來和他見面交談，讓自己來幫助她。」

「有可能。」

北斗說著，拿了擺在電腦旁的手機。

「我打電話給相川。」

這樣好嗎？

「相川雖然有點懦弱，但我可以保證，他絕不是那種會跟蹤騷擾前女友的恐怖情人。所以我認為小淳學長這番推論應該八九不離十。如果真是如此，請交給我來調解。難得的休假日，不能再耽誤您寶貴的時間了。」

「那倒無所謂……」

想想，還是交給北斗處理比較妥當。至少他是美波的同學，要是我這個不熟的刑警冒昧介入，反而把事情弄得更複雜就不好了。

「……那就麻煩你了。」

「應該的！」

「萬一，我的推理是錯的……」

「我會再聯絡您的。」

北斗咧嘴笑了。

我從松宮電子堂的後門走到商店街上，回頭看了一眼——這是從小熟悉的店面景象。

一想到北斗，我不得不苦笑了。

「他是另一個神祕的人。」

我找北斗商量這件事，委託他代為檢視監視器的攝錄影片是十一點左右的事，距離現在還不到三個鐘頭。在這段期間，他要先到商店街自治會辦公室將相當龐大的資料檔全部複製帶回，然後從頭到尾看完一遍——真能在這短短的時間之內辦到嗎？假如他確實辦到了，用的是什麼樣的技巧呢？如果導入最新的人臉辨識系統應該很簡單，可是這種老商店街的電器行，真有那麼尖端的科技嗎？

更何況奈緒說她把餐盒送到這裡了。這麼說，北斗最晚必須於十二點之前回到這地方。

「也就是他等我離開了以後，立刻衝去複製資料檔，再趕回來接奈緒的餐盒嘍？」

就時間而言並非不可能，趕一下應該來得及，只是似乎沒必要這樣匆忙；不過，若是他坐在這裡就能連線取得商店街上監視器的攝錄影片檔，那就另當別論，而且這種解釋才合情合理。

我決定不再多做聯想。至少北斗儘管外表貌似宅男，卻是個誠懇且充滿正義感的男人。

「不會有問題的！」

我請三毛小姐挑選想去的餐廳，於是我們從花開小路商店街步行十五分鐘左右，來到了俗稱中馬街的地方。這裡還留有電影院、榻榻米鋪這一類充滿昭和風情的老屋。聽說這裡近期將推展社區營造計畫，打造成為懷舊小鎮，以吸引更多人到訪。

三毛小姐選了一家名為高城屋的餐廳。這家餐廳是位於街角的一棟外觀像倉庫的兩層樓木造老屋。

「聽說這裡的主廚原先是法國菜系的廚師。」

「是哦。」

可是揭開菜單一看，上面竟然全是日本菜，而且是馬鈴薯燉肉或煮魚等種類豐富的家常菜，而米飯的選擇同樣包羅萬象，從白米、五穀米到糙米等等，應有盡有。當然，味噌湯也沒有缺席。

「份量也考慮周到呢。先是分成大份、中份、小份，而每一種又細分成各自的大份、中份、小份。」

也就是說，如果點用「大份」的菜餚，還可以再進一步決定是要「大大份量」或「大中份量」或「大小份量」。這家店希望顧客能夠選擇合宜的份量，盡情享用多種菜色。

「妳常來？」

「這是第二次。這裡讓人百吃不厭。」

的確。感謝三毛小姐介紹了一家好餐廳。

我們各自點了想吃的菜品份量。不一會兒，桌上擺滿一盤盤佳餚與米飯。

「開動囉！」

看著三毛小姐吃得津津有味的模樣，我也同樣覺得愉快。

「我最喜歡享用美食了！」

「嗯。」

「我的廚藝還算可以，沒什麼菜色難得倒我，就是不怎麼喜歡自己煮飯。」

「為什麼呢？」

三毛小姐的笑容透著一絲寂寞。

「因為已經吃過別人做的飯菜了，所以覺得一個人吃飯沒意思了。」

原來如此。

「也就是吃飯的時候，希望吃到別人做的美味飯菜。」

「對，沒錯！」

我可以體會她的感受。

「小淳先生。」

「嗯？」

三毛小姐直視我的眼睛。

「往後我們也許還有機會像這樣邊吃邊聊，我先說自己的身世。」

「身世……」

她神情堅毅地點了頭。

「我從小舉目無親，沒有爸媽、沒有兄弟姐妹、沒有親戚，是一個在孤兒院長大的棄嬰。當然，世上一定有個生下我的母親、還有個不知下落的父親，但是我完全不知道他們在哪裡。」

「嗯。」

我點頭。身為警察，自然而然被訓練成即使突然聽到這種悲傷的話題，仍能保持鎮定。

「所以，我沒辦法聊家人的話題。頂多只能聊聊在孤兒院養育我的人，或是一起長大的伙伴，不過那些事其實沒什麼好說的。那段日子嘗到的喜怒哀樂，應該和在一般家庭長大的人差不多，只是生長環境有些差異罷了。」

「我知道了。」

三毛小姐大口享用佳餚，接著說：

「除此之外，和大家都一樣。我靠著獎學金和其他收入完成了大學學業，因此這部分的話題可以正常交流。」

「好。」

這的確是三毛小姐做事的一貫風格。雖然一般不用這句話來形容女人，但她確實具有以一當十的豪氣。並且，這也是對他人的體貼關懷。她主動把可以提及與不便提及的話題清楚分類，以免對方在談話時有所顧忌。

「可是這樣一來，我們就沒辦法聊家人了。」

「為什麼？我這邊有很多事可以告訴妳呀？」

三毛小姐一聽，噗嗤一聲笑了。

「因為小淳先生的家族史，梅奶奶差不多都講完了。我知道你上小學時曾在游泳比賽得到冠軍，也知道令尊最喜歡吃的食物是豆沙裹麻糬。」

我們都笑了起來。看來奶奶是真的很喜歡三毛小姐。

「這麼說，第一次約會的話題少掉一半了。」

「是呀。」

既然如此，不如利用這個機會詢問。

「有位相熟的刑警，權藤先生，就是常來食堂吃飯的那位中年男士。」

「嗯。」

三毛小姐的反應沒有絲毫異樣，照舊一邊享用她的飯菜，一邊聽我講話。拐彎抹角的問法對她是行不通的，她大概早已識破了我心裡的疑問。

「他說，經常看到三毛小姐。他並不住在這附近，而且看到妳的地點都是在辦案現場附近。」

三毛小姐燦然一笑。

「真的呀？好巧喔！」

我聽不出她的回答有絲毫弦外之音，並且她的表情也有些訝異。

然而，「好巧喔」卻似乎是一句給我的暗示，希望這個話題以「巧合」劃下句點。

「那位權藤先生是不是對我有點介意呢？」

「可能吧。畢竟在辦案現場目擊了好幾次，難免有些介意。不過他也說了，更納悶的或許是為什麼每次看到妳總是背著大大的吉他盒吧。」

「哦——」三毛小姐露出微笑，側了側頭。「我想應該是碰巧吧。請轉告他，下回看到我時儘管打聲招呼。」

「好。」

我想，她的意思是難得約會，這個話題就到此打住。

也好。我並不是不懂暗示的傻瓜。至少，我有把握三毛小姐不是壞人，更不是歹徒。

「你上次提到自己沒有嗜好。」

「對。」

「我也是。」三毛小姐說。「我已經把自己最喜歡的畫圖和音樂當成職業了，所以同樣沒有其他的嗜好了。以後的輪休日，要不要和我一起培養興趣？」

她微笑著問我。

「嗯！太好了！」

我也跟著笑了。

〈花開小路事件簿〉之五

赤坂食堂的祕密

1

「小淳，吃早飯嘍！」

「來了——」

我立刻睜開眼睛。一聽到叫聲就醒來，可以算是職業的一種習慣。

身為警察必須做好準備，隨時隨地都能立刻處理案件。每當專案小組成立之後，同事只能輪流到休息室小睡片刻，如果這時來喚人卻沒有立刻起身回話，尤其是我這種菜鳥刑警，肯定要被臭罵一頓。

「唔啊——」

我發出不明所以的叫聲，伸了個懶腰。拉開窗簾，玻璃窗外面應該是晴天。拱廊的好處是不會受到雨淋，缺點則是這一側的窗子陽光照不太進來。

又是一個被奶奶喚醒的輪休日早晨。若是相當疲憊的時候，奶奶會晚一點叫我起床吃飯，否則通常在八點半左右叫醒我。刑警也不至於一年到頭天天熬夜辦案，除非發生重大案件，否則通常可以每天回

家睡覺——只要能夠狠下心，扔下桌面堆積如山的待辦文件。

昨晚回到家已是十點過後。我吃了點宵夜，洗完澡打開電視和上網瀏覽了新聞，本來還想看一看預錄下來的電影，結果不知不覺睡著了。想想也覺得自己挺浪費時間的，但是沒辦法，這就是我平凡的生活。

我走下樓梯，留意著別撞上門框，進了客廳。奶奶已經幫我擺好早餐了。

「早，快來吃。」

「奶奶早安。」

笑咪咪的奶奶。正在店裡的爺爺切菜聲節奏分明。除非爺爺或奶奶身體不舒服，赤坂食堂原則上可說是全年無休。不過，兩位老人家每年會去一趟小旅行，這時店休數日是唯一例外。

「開動了。」

「好，請慢用。」

白飯、味噌湯、煎蛋捲、馬鈴薯沙拉、鮪魚洋蔥焗烤乳酪以及馬鈴薯燉肉。爺爺做的早飯還是一樣好吃。

「奶奶，我問您。」

「怎麼了？」

「這家店，打算開到什麼時候呢？」

「開到什麼時候？」

我只是有點擔心。因為就在昨天，有一對開店的老夫婦同時身體不適，可惜誰也沒有察覺，他們就這麼撒手人寰了。

「第一個發現的人剛好是派出所員警，所以輾轉聽到這個消息。」

「哎，還以為是什麼天大的事呢！」奶奶笑了。「我們家有小淳在呀！」

「話是沒錯……」

可是每當出現重大案件成立專案小組的時候，整整一星期無法回家也是常有的事。

「就算你沒法回來也不打緊呀，天亮以後要是還沒開門營業，大家都會馬上過來探看是怎麼回事。況且對面還有你隆志舅舅在呢！」

「也是啦。」

奶奶的話的確有道理……。

可是爸爸和媽媽都十分擔憂兩位老人家的身體。不過，爺爺和奶奶似乎已經打定主意，除非其中一人病倒了，否則會一直經營下去。但畢竟這個生意要用到火，我很擔心稍有不慎將會引發火災，何況爺爺菸抽得兇。

「小淳，今天有什麼安排嗎？」

「沒有，什麼安排都沒有。」

還是老樣子，無事可做。

「我會把房間打掃一下。暫時沒缺什麼非買不可的東西。」

說完，我已經做好了心理準備，就等奶奶囑咐我去幫忙哪位鄰居解決困擾了。

「不和三毛小姐約會嗎？」

「還沒聯絡。」

我的職業幾乎沒辦法與女友訂好約會。雖然每個月的輪休日會在班表上預先排定，但也只是暫訂而已。假如發生了案件，立刻取消輪休。所以要是先講好約會日期，到時候才說「對不起，要去辦案了，真的很抱歉」而臨時取消，未免太失禮了。這樣恐怕又要被甩一次了。

「有事吩咐我去辦嗎？」

左等右等遲遲沒等到奶奶的交代，沉不住氣的我乾脆直接問了。奶奶和藹地笑了。

「沒事呀！」

「沒事嗎？」

「這不是說了嗎？」

今天居然不必幫鄰居解決疑難雜症。

「沒有事情需要調查，這下該怎麼打發時間……」

吃完早飯，洗臉刷牙後回到房裡，坐在窗台邊來根菸。現在正是花開小路商店街上的店鋪逐一拉開鐵捲門，準備開門營業的時段。街上的行人也漸漸多了起來。

搬回這裡半年多了。這恐怕是頭一次奶奶沒有委託調查的輪休日。要是奶奶能提早說一聲，我就可以先安排其他活動了。

「算了。」

總之，先打掃房間吧。都長這麼大了，不好意思再勞駕奶奶打掃房間，還是自己動手清理。問題是，掃完之後該做什麼呢？

「給三毛小姐傳個訊吧。」

自從我們共進了像是約會的那頓晚餐以來，在一起吃過三次飯了，並且沒有一次是事先約好的。這三次都是我回到家時三毛小姐的街頭表演還沒結束，於是等表演完以後邀她一起吃宵夜。我稍微問了她的工作情形，她說目前只有每週一、三授課，其他時間沒有固定的工作。

當然，光靠這份收入根本不足以維生，所以她還擔任美術家教老師。她說，若想就讀美術相關科系的大學，必須打穩素描技巧的基礎，有些中學生甚至已經開始上補習班了。三毛小姐就是當這些學生的素描與繪畫基礎的私人家教，目前收了三個學生。

「即使兼了兩份差……」我邊抽菸邊思索。「收入應該還是不夠。」

我雖不知道確切的數字，不過家教老師和專科學校講師的鐘點費應該並不高。從三毛小姐的敘述中推測，很可能比每天到便利商店打工還要少。立花莊的房租確實相當低廉，但是一個正值花樣年華的女孩，真能對這種清貧生活甘之如飴嗎？

事實的確如此。三毛小姐看起來天天都很愉快。她的衣著樸素，並不是高價品，但是臉上從沒露出厭倦了這日復一日貧窮生活的神情。

「這是另一項她令人想不透的地方。」

我自言自語，傳了訊息給三毛小姐。

「今天輪休。如果有空，要不要一起吃飯？」

沒想到三毛小姐立刻回覆了。不到一分鐘，我的手機傳來訊息提示聲。

「謝謝邀請。我大概下午兩點到三點過後可以回到家裡，一起吃晚餐好嗎？到家後傳訊或電話聯繫。」

看來她在外面。好，這下敲定了。掃完房間，可以到處晃一晃打發時間，就等晚上和她碰面了。

託大家的福，赤坂食堂的早中晚三個用餐尖峰時段總是高朋滿座，不過離峰時段就相當清閒了。當然，還得利用空檔去補貨和洗碗擦桌抹地，如果這些事都做完了並且沒有客人上門，真的十分清閒。

這種時候，爺爺便坐在桌前抽菸看電視，有時則讀讀報紙、翻翻雜誌。總之只要他坐在椅子上，不是看東西就是讀東西，長年下來竟也累積出相當淵博的知識。

爺爺連擺在店裡的漫畫和週刊都看得滾瓜爛熟，因而相當瞭解社會新知。儘管沒有實際開設網路社群帳號，但他什麼都曉得，連近期《羅馬浴場》的漫畫銷售和電影賣座接連開出紅盤的消息同樣知之甚詳，還對我提了一句「小時候常帶你上澡堂哩」。

奶奶則會利用這段時間坐在客廳矮桌前做起針線活，而且是相當費工耗神的刺繡。真佩服奶奶到現在還沒有老花眼，那麼細膩的刺繡，連我都看不太清楚。

奇特的是，他們兩人鮮少交談；儘管鮮少交談，卻似乎能夠明白對方的意思。結褵多年的夫婦大概都像這樣心意相通吧。實在令人佩服。

掃完房間，來到一樓，奶奶果然又做起了針線活，而爺爺則是吸著菸、讀著報。

「我去散個步。」

奶奶抬起頭來對我一笑。

「那麼，順道買幾盒菸回來補吧。」

「好啊。」

目前全球各地捲起一股禁菸、拒菸的風潮，不過來到赤坂食堂的顧客以吸菸者居多，因此全區開放吸菸，大家頂多飯後來支菸就結帳離開了，不會有人逗留太久，所以不必擔心店裡一片烏煙瘴氣。

「啊，對了！」

我檢查了香菸販售小櫃裡有哪幾款需要補貨，從賣菸的錢筒裡拿了錢，正在穿運動鞋時，爺爺忽然喊了一聲。

「你知道聖伯住在哪裡嗎？」

聖伯。

「當然知道呀。」

「那順便把這個送回去吧。他昨晚來吃飯，忘了帶走。」

爺爺起身，走向收銀檯，拿來一支手杖。

「聖伯把這個忘在這裡？」

他看起來實在不像是健忘的人。爺爺聽我說完，沒好氣地笑了。

「別瞧聖伯平時做事有條不紊，其實偶爾也會放空犯傻。就拿這柄手杖來說吧，想必這條花開小路上的許多商家都曾幫聖伯送回府上哩！」

原來聖伯也有這樣的一面，我還以為他樣樣無懈可擊呢。奶奶也跟著笑了。

「那是聖伯在這條花開小路上非常放心的緣故。不論任何東西忘在哪個角落，也一定會回到他身邊。」

「對喔。」

奶奶說得沒錯。這地方不會有人撿到了聖伯遺失的物品卻沒送還給他的。話說回來，這表示就算少了這支手杖，並不影響聖伯的行走。想想也對，只要看他邁步時節奏感十足的颯爽英姿就知道了。

「我等一下送過去。」

「如果家裡沒人，就交給白銀皮革店的克己。」

「喔，好。」

我帶著手杖，走出了食堂。

「嗯。」

手杖很自然地配合著我踏出的步伐輕抵地面，神奇的是，同時不自覺地挺直腰桿。手杖等於枴杖，一般人對它的刻板印象是給腿腳或腰背不舒服的老人家使用的，但若握著的是像這樣精美的手杖，走起路來感覺一定特別舒適。等我到了被稱為老人的年齡，也想買一支好一點的手杖。

第一站，我去了北斗那裡。上回大學前書店的那椿檸檬事件還沒聽他詳述結果如何。不過我也瞭解，沒有接到北斗的後續聯絡，也就表示圓滿解決了。

我來到了位於松宮電子堂那處猶如祕密基地一般堆滿各種家電用品甚至車子的維修間。乍看之下似乎毫無變化，其實存放在這裡的破銅爛鐵經常換了一批又一批。即便是不堪使用的物品，經過北斗的妙手回春，又成為可供販售的二手商品了。舉例來說，原本只是一台平凡無奇的白色冰箱，可以將外觀漆上可愛的圖案，或者是刻意改裝成老式冰箱再賣掉。聽說年輕人很喜歡蒐集這類東西。想出這個點子的人是奈緒，她也會過來幫忙改造。

其實每一家店都面臨同樣的困境，非得想辦法不斷推陳出新才能賺得微薄的利潤。其中又以松宮電子堂在這方面特別努力。

「你好。」

「喔，小淳學長！」

北斗正在維修間的外面將冰箱漆成紅黑條紋的模樣。

「這該不會是……」

我一問，北斗隨即笑了。

「這是為一位熱愛足球的客戶客製化的訂單。冰箱本身的型號已經很舊，客戶希望修繕完畢之後順便漆成這樣的顏色。」

真佩服北斗靈巧的雙手。他邊脫下沾汙的粗布手套邊詢問：

「今天有什麼事呢？」

「今天沒有事情需要麻煩你。」

「沒有哦？」

我們一起笑了起來。

「只是順道來問一問上次大學前書店的事，後來怎麼樣了。」

「喔——」北斗連連點頭。「聽說美波順利脫離了繭居族的行列，也和相川重新交往了。」

「太好了！」

我們走進那處像祕密基地一般的維修間。我在一張椅子上坐了下來，北斗則拿起旁邊的熱水壺斟了一杯咖啡給我。

「來，請用。」

「謝謝。」

我喝了一口，點了支菸。我現在可以體會附近的老人家為何總喜歡過來坐坐了。這地方讓人格外放鬆。

「小淳學長，那支手杖是聖伯的吧？」

「嗯，對。」

我告訴他，這是聖伯忘在食堂裡的，待會兒要送還給他。北斗無奈地笑了。

「聖伯偶爾會丟三落四的。」

「對了，聖伯也常來這裡吧？」

「會啊。應該說，他每天散步的時候都會順道過來歇一歇，抽根菸。」

對聖伯而言，北斗是女婿的摯友。北斗看了我一眼，顯得有些猶豫，欲言又止。

「怎麼了？」

「沒什麼。」

看來，這件事有些難以啟齒。

「也許是我多管閒事了。」

「沒關係，你說吧。」

「我聽奈緒說，小淳學長最近和一個住在立花莊的小姐相處十分融洽。」

我有點沒好氣地笑了。原來奈緒也知道這件事。大概是奶奶告訴她的吧。

「還算可以吧。」

北斗沒有直接說出她的名字，表示他掌握的情報並不包括那棟公寓裡的所有居民。

「她叫三家小姐。」

「三家小姐……」

「綽號是三毛小姐，我也這麼稱她。你沒和她談過話嗎？」

「沒有。」北斗搖了頭。「頂多只來店裡買過電池之類的消耗品吧。一方面她不是在這裡開店的人，再者算是新近的居民，沒有機會互相交流。」

有道理。

「我聽說她大約在兩年還是三年前搬來這裡的。」

「對，我也聽說是這樣。」

瞧北斗支支吾吾的，究竟想告訴我什麼呢？不過，這個年輕人的個性本來就很謹慎。

「如果是關於三毛小姐的事，儘管直說。我們還沒到男女朋友的階段，連手都沒牽過。」

這是實話。純粹只有吃過幾頓飯，也就是約會過幾次而已。當然，我確實對她頗有好感。

「況且她也的確十分神祕。」

「神祕？」

「具體的情況我不方便透露，不過之前找你幫忙解決的鄰居煩惱，我懷疑其中有幾件可能和三毛小姐有關。」

北斗頓時瞪大了那雙藏在長劉海後方的眼睛。

「果然！」

「果然？」

北斗終於下定決心似地點了頭。

「小淳學長，其實，我同樣不方便透露具體細節，但是對這一帶的人事物持續密切掌握。並且不單是被動地彙集傳聞，而是相當主動地……。」

相當主動地……。

這種表述方式相當委婉，不過從他的態度，或者說是言下之意，我可以瞭解他的意思。我只點了頭，沒有進一步追問。

「具體細節，不要多問比較好吧？」

「可以的話。關於那位三毛小姐，好像經常做調查。」

「做調查？」

北斗點了頭。

「感覺上像是悄悄地進行某種調查。我不知道她在調查什麼，也不知道確切的細節。」

「只是當她採取明顯超乎日常的行動時，被你目睹了？」

「就是這樣。」北斗稍微歪著腦袋思索。「我還是別用太抽象的描述吧，坦白說，我曾看過她在跟蹤某人。」

「跟蹤！」

一般人幾乎不會做出這樣的舉動。北斗輕嘆了一聲。

「我也是個生意人，從一個人身上散發的氣息就能感受到對方是個什麼樣的人。雖說人不可貌相，不過我相信三毛小姐不會是壞人。所以……」

「……所以，你覺得她應該是基於某種情由，才會做出那種舉動？」

「是的。不過，萬一我的判斷是錯的……」

那麼，她或許真是一名可疑人物。

「哎，不必多慮！」

我好歹是個刑警。

「雖然沒有十成十的把握，我至少能夠分辨出一個人是不是壞蛋。三毛小姐應該不是個為非作歹之徒。」

「這樣哦。」微笑重新回到了北斗的臉上。「我其實也這麼覺得。既然有小淳學長打包票，就可以放心了。」

「不過，她確實在跟蹤某人吧？」

「是的。我不會看錯。」

北斗點了頭。

「好。那下次碰到面時，我會不動聲色地試探一下。」

我想，應該就在今晚。

* * *

我從小就聽大人說過矢車家是這一帶的大地主。不過那時的我不太懂「大地主」是什麼意思，心想大概是像國王那樣的大人物吧。

時至今日，僅餘那棟大廈見證矢車家昔日的風光。我來到聖伯位於頂樓的住所，他套著一件灰色的皮革圍裙來應門。

「請恕我這身工作的衣著。」

聖伯是一位模型製作家。那件皮革圍裙散發出一股金屬的獨特氣味。

「對不起，打擾您工作了。我是來送還這個的。」

我舉起手杖，聖伯的嘴邊揚起笑意。

「不好意思，勞駕了。正好打算休息一下，進來喝杯茶吧。」

既然聖伯開口，我也就不推辭了。我不知道這是不是英國人的作風，但是聽說聖伯從不說客套話和場面話。

「打擾了。」

屋子裡纖塵不染，舒適宜人。應該是婚後搬到隔壁的亞彌仍常回來打掃父親的住處吧。

脫下圍裙並洗了手的聖伯身穿材質柔軟的白襯衫與灰色的西裝褲。應該只是居家服，仍然熨燙筆挺，完全吻合我心目中的英國紳士形象。

「香菸請隨意。自從亞彌搬出去以後，這個家就全區開放吸菸了。」

說著，他愉快地笑了起來。

「那就不客氣了。」

我掏出菸點了一支。聖伯從廚房端出一只上面擺著茶壺和茶杯的托盤，放在桌面上。他沒有立刻斟茶，應該是在沏茶之後等待最佳的飲用時刻。

我望向掛在牆上的鐘，再看了自己的錶。那可是歐米茄的時鐘呢！

「時間接近中午了。不好意思，勞你走這一趟，那麼今天就到赤坂食堂叨擾一餐吧。」

聖伯笑了笑，端起茶壺往杯子裡斟入紅茶。

「請趁熱。」

紅茶香氣四溢。我聽從建議，端起茶杯喝了一口。

「這是從英國訂購的吧？」

聖伯露出苦笑。

「日本當然也買得到上等茶葉，只是好友會寄來給我。」

我聽克己提過，多年以前聖伯與夫人相知相戀，從而愛上日本並且歸化日本籍。在那個時代，一個深愛日本的外國人仍會遭到各種歧視與欺侮，可以想見他當時受了不少苦，然而那一切並沒有在聖伯的身上留下絲毫痕跡。現在的他不但能說流利的日語，還深諳日本的風俗習慣，同時保有英國人的風範。

「我和令祖父辰伯……」

「您請說。」

「以前常在澡堂裡聊天。」

「在澡堂裡聊天嗎？」

聖伯點燃了菸斗，露出微笑。

「那家叫做『瀧澡堂』，現在已經歇業了。我們常在澡堂開始營業的時段遇見。我也喜歡等澡堂一開門就去泡澡。」

「這樣嗎？」

「辰伯的過去，你應該知道吧？」

「是的。」

我知道聖伯這句話的意思。既然提到澡堂的話題，自然聯想到爺爺背上的刺青。爺爺年少時曾是江湖中人。這樣形容有些不妥，然而在那個純樸而美好的時代，江湖之道仍是講究人情義理。那已是幾十年前的往事，爺爺右手缺一節的小指便是他早已改過自新的證明。

「辰伯說自己在澡堂一開門就來的原因是，趁著店裡還沒進入忙碌的晚飯時段之前，抽空先來洗個澡。其實那只是場面話，真正的理由應該是他認為若是讓青少年看見自己背上的刺青，恐怕會造成不良的影響。因為通常在澡堂開始營業就上門光顧的客人，不是知悉辰伯那段過去的老年人，就是什麼都還不懂的襁褓幼兒。」

原來是這麼回事。這確實很像爺爺的作風。

「那個時候，您和家祖父都是三、四十歲左右吧？」

「是啊，那時還算得上年輕吧。」聖伯微笑說道。「雖說辰伯已經遠離江湖了，畢竟仍是血氣方剛，難免在赤坂食堂裡和顧客略有爭執，甚至施展身手。辰伯應該沒提過這些事吧？」

「沒聽家祖父說過。」

我只聽過奶奶和爸媽提過一點點。聖伯微微頷首。

「辰伯下定決心，從此不再向人動粗，絕不揮舞拳頭。即使醉醺醺的酒客大鬧食堂，甚至動手打他，他也忍著不還手，站在對方的面前。」

「發生過這種事？」

「那當然！」

聖伯正色回答。

「我過去見過不少有氣魄的男子漢，但沒有一個比得上辰伯。就算挨踢挨揍，渾身是血，他只昂首挺胸，瞪著對方說一句『請回』。光是這樣，喝得再醉的酒客也會被他的架勢嚇得魂不附體。」

我當然也見識過爺爺真的憤怒時有多麼可怕。

「於是，鬧事的酒客趕緊溜了？」

「唔。」聖伯微笑道。「想必你遺傳到令祖父過人的膽識了！」

「不敢當！」

我惶恐得直搖手。身為警察當然學過柔道和劍道，膽子比起一般人來得大些，但是膽子並不等於膽識。

「所言極是。」聖伯再次露出微笑。「這並非拿別人的家務事當有趣，而是由衷感到辰伯的孫兒成為刑警，真是人生的美妙安排。不覺得嗎？」

「的確是。」

聖伯說得沒錯。其實爸爸也曾擔心過爺爺的過去恐怕會影響我的前途。因此當我通過警察考試的時候，爸爸真的非常高興。

「家父由於自己的父親曾經年少輕狂，始終告訴自己必須謹守本分。雖說不至於形成壓力，畢竟難免在意外界的眼光。我從家母那裡聽說，在我成為警察之後，家父說他一路以來堅持的原則是正確的。」

「唔！」聖伯讚許地頷首。「無法預測的際遇，正是人生的奧妙所在。」

「您說得是。」

雖然我年紀還輕，不過從事的行業與人們密切相關，對這方面的感慨特別深。

人生在世，既有幸福的際遇，也有悲傷的際遇。

聖伯說，陪我走到赤坂食堂吧。我們便離開了他家。才走出大廈，聖伯便與站在派出所前面的角倉學長聊了起來，這時亞彌也恰巧買完菜回來，而我也要回到赤坂食堂吃飯，於是我和他們父女相偕走在街上。

「妳不陪克己一起吃飯嗎？」

亞彌聽我這麼一問，笑了起來。

「克己的興趣的嚐遍各地美食。每個星期我大概會和他一起吃兩、三頓午餐，不過身為主婦，事情怎麼忙都忙不完。」

也對。亞彌還要經營自己的家教班，想必非常忙碌。況且她要照顧的家人不單是克己，還有聖伯。

剛走到二丁目，我的手機響了。是權學長打來的。

「我是赤坂。」

（嘿，小老闆！聽說今天輪休？）

「是的。」

（我正在去赤坂吃午飯的路上。真同情你，『二級』發布了。）

「真的假的？」

（沒騙你，是我認識的男人。我身上帶著他的通緝告示影本，等下給你看。待會兒店裡見！）

心裡正想著還好目前是二級警戒，不必那麼焦急，這回換成同事真木刑警打電話給我。

「我是赤坂。發布『二級』了？我聽權藤學長說的。」

由於是工作上的聯絡，我省略了寒暄。

（消息真靈通！不必傳通緝告示給你嗎？）

「不必，權藤學長會拿給我看。」

（好，應該不需要我們出動吧。你今天輪休，好好放鬆休息。）

「瞭解。」

聖伯大抵從我接聽電話的反應察覺了異狀，不禁略微蹙眉。

「有案子了？」

「不是我們這個轄區的，而是隔壁鎮。只是通知大家提高戒備而已。」

「警察人員真辛苦。」

亞彌憂心忡忡地說。所謂「二級警戒」是指嫌犯脫逃。不過案子發生在鄰鎮，不屬於我的管轄範圍。只是考量或許會逃到我們轄區，所以要大家加強戒備而已。

「沒什麼。」

各行各業都一樣辛苦。

只不過……

鼻子開始發癢了。

正在狐疑怎麼回事，只見迎面而來的權學長朝我招手。我們剛好在赤坂食堂門口會合了。

「嘿！」

「學長好。」

我知道權學長原本打算一見面就把通緝告示影本拿給我看，可是與我同行的聖伯與亞彌是一般民眾，於是權學長只朝我點了頭。

「唔，先進去再說，我們去你房間。」

「好的。」

在一般民眾面前不便談論公事。

「我又來嘍！」

權學長邊說邊伸手掀起赤坂食堂的店簾並推開門。隨即傳來奶奶那聲「歡迎光臨」。

店裡坐著三名顧客。

北斗和奈緒同桌而坐，一看到我就開心地笑了。想必他們今天決定不吃餐盒，換成來這裡一起吃飯。

另一名是陌生的男性客人。

一踏進店裡立刻計算店內的總人數，不單因為是這裡是自己家，也是警察的職業習慣。不論進入任何一家店，我總會下意識立即掌握出口位置，以及店裡有幾個人。

我想，權學長一定也有同樣的習慣，在踏入店裡的那一刻，下意識地掌握狀況，於是……。

他倏然停下腳步。

我馬上察覺到權學長停下腳步的動作並不尋常，也隨即發現他身上散發出一股全然迴異的氣息。

基於過去的多次經驗，每當遇上這種情形，總覺得時間走得特別慢。

面向門口、坐在裡面那張桌席的男子。

剃短的平頭夾雜白髮。年紀已過中年，更接近五十多歲。身穿苔綠色的夾克，視線望向下方。

那名男子一聽到權學長的聲音旋即抬起頭來，霎時臉色驟變，立時採取行動。

本來應該和我們一起走入食堂的聖伯悄聲消失。我的後背可以感覺到一股空氣的流動。

想必聖伯在那一瞬間察覺情況有異，帶著亞彌後退一步。這不僅是避免妨礙我們的行動，也是為了保護亞彌。由此可證，聖伯絕非泛泛之輩。

碰！椅子翻倒的聲響，引來了爺爺奶奶和在店裡的北斗與奈緒的注視。

男子猛然起身，同時側身一跳。

身罩一件連身長袖圍裙的奶奶就在那裡。

奈緒發出短促的尖叫。

男子一把抓住奶奶，從背後牢牢扣住她的雙臂。

我和權學長見狀，實在不敢貿然進攻。因為男子的手上握著一把刀，並且正架在奶奶的脖子上。

「權藤。」

男子低沉的嗓音喚了權學長的姓氏。

「相原。」

權學長這樣叫他。相原就是這名嫌犯。這一瞬間，我和權學長同時明白了當下的狀況。

這個名叫相原的男子有前科紀錄，所以權學長知道他的樣貌，而他也知道權學長的樣貌。

雖然還沒掌握他犯了什麼案子，可以確定的是他從鄰鎮逃到了這裡，並且來到我家，也就是赤坂食堂打算吃飯。接著在命運之神的捉弄下，我和學長踏了進來。

問題是，相原為什麼會出現在食堂裡呢？在逃亡的緊要時刻，還有那個閒暇坐下來好好吃頓飯嗎？

從爺爺的表情，我得到了解答。

奶奶變成人質的時候，爺爺依舊不慌不忙。儘管起初有些驚訝，但當他看到相原面孔的那一刻，臉上的表情不變，接著朝我望過來，以目光向我傳遞了一個訊息。

詳情稍後再問。

我想，這個名叫相原的男子應該認識爺爺。說不定多年前他們曾是伙伴。

「快放開。」

權學長盡可能壓低聲量，以避免刺激對方。

「閉嘴。」
相原同樣沒有大吼大叫，只是冷靜回話。他瞪著我和權學長，握刀的右手加重了幾分力道。
我有過幾次與犯人對峙的經驗，很清楚一個被逼到絕路的人會露出什麼樣的眼神。相原的眼神非常危險。權學長應該也和我想法一致，因而始終維持原本的姿勢，並未輕舉妄動。
「權藤。還有旁邊那個，你也是刑警吧？」
也許他是從我身上嗅到了警察的氣息，又或者曉得刑警行動時總是兩人一組，誤以為我們一起搭檔追捕他的下落。
「權藤，給我聽好了，不准通報伙伴。要是讓我瞧見了你們兩個以外的警察，我馬上宰了這個老太婆，自己也會去死！」
他的聲音中氣十足，發自丹田，毫無嘶啞。這表示他並沒有激動得連自己在講什麼都不知道，而是握有一切掌控權。換言之，他已經做了最壞的打算。
「奈緒，北斗。」我緩緩地說。「你們兩個慢慢站起來。……相原。」相原看向我。「可以讓他們走吧？這件事和客人無關，可以讓他們離開嗎？」
「不行。」
「不要殃及無辜。」

「少囉唆！」

北斗和奈緒嚇得渾身僵硬。不曉得聖伯在哪裡。我很想回頭探看，卻辦不到。背後似乎已經感覺不到他的動靜。

「這麼做對你沒好處。」權學長低聲勸慰。「你現在已經走投無路，也無處可逃了。快放下刀子自首，或許還可以減輕刑期。」

「就算減刑也減不了幾天！」

他的意思是刑期結果幾乎沒有太大的差異嗎？這傢伙到底犯了什麼法非得畏罪潛逃不可呢？既是權學長熟識的犯人，很可能也曾觸犯過竊盜罪。

「既然如此，又何必抓住老人家當人質拒捕呢？你打算逃到哪裡去？難道要求我們準備車輛讓你逃逸？你也是道上之人，應該知道光憑自己一個帶著人質逃亡成功的機率接近於零。」

權學長悄悄地將左手掌翻轉向我，示意由他來控制場面。我看懂了他的暗號，緘口不語。

相原在食堂裡環顧一圈。

「我說，赤坂大爺！」

爺爺望向相原。他果然認識爺爺。

「二樓有房間吧？」

爺爺緩緩點頭。

「我剛才點的薑絲肉片套餐煮好了送到二樓房間，讓那邊的小姐送上來。要是除了她以外的傢伙膽敢上來，我馬上宰了這個老太婆！」

奈緒一聽，嚇得睜大了眼睛。奶奶十分鎮定地看著我，緊抿著嘴一動不動。強抑怒火的爺爺瞪著相原。

「赤坂大爺，聽清楚沒？」

爺爺又緩緩點頭。「清楚了。普通套餐嗎？」

「特大套餐。但我可不付錢喔！」

相原仍然將刀架在奶奶的脖子上，抓著她往後慢慢地退到客廳。權學長動了一下。

「相原，你不准我們聯絡警方，可是這條花開小路商店街鄰里間的守望相助做得特別好。眼看著十二點快到了，待會兒那些常客就要上門吃午飯了。若是被他們發現了這個情況，一定會有人立刻報案的！」

「那就照常營業吧。按平常那樣開門做生意，聽從我的吩咐。」

相原狂妄地笑了。

他來到這裡顯然有目的，究竟是什麼目的呢？依我推測，很可能和爺爺之間有某種過節。

相原非常緩慢地一步一步往後退。奶奶也配合他的步伐跟著後退。

奶奶！

不要擔心，我一定會救您！

「相原，給我小心一點。」

身為刑警，這種時刻說出這樣的話絕對是大忌，然而我終究沉不住氣。

「她是我祖母。哪怕奶奶少了一根寒毛……」

我會親手送你下地獄！

……我好不容易才忍住沒把最後這句話說出口。

2

「聽好了，你們兩個不准離開這裡喔。要是被我發現你們不見了，我會立刻殺了她！」

相原扔下這句話，刀尖抵著奶奶要她走在前面，兩人一前一後地開始爬上樓梯。

咚、嘎咿、咚、嘎咿……，他們每踏一階，木梯隨之發出聲響。過程中，大家都盯著他們漸漸上升的身影，不發一語，仔細聆聽。這裡是我家，光從地板發出的聲響，就知道他們目前走到哪裡了。

他們已經爬完樓梯了。我可以聽出來他們沿著走廊走了幾步，拉開了一間位於樓梯旁沒人住的和室拉門。接著傳來幾句不太清晰的講話聲，應該是他對奶奶說了什麼。片刻過後，傳來坐在地上的聲響。

我和爺爺眼神交會，同時點了頭。

再過十分鐘就是十二點了。

「赤坂。」

權學長低聲喚我。

「我懂，確保人質安全為優先考量。……爺爺！」

「唔！」

爺爺大大地點了頭，表示明白我們的意思。爺爺相當沉著冷靜，看來不必擔心他。我望向奈緒，只見她不停地眨巴眼睛。北斗則皺著眉頭，好像正在專注思考什麼事情。

現在該怎麼辦呢？相原指定薑絲肉片套餐必須由奈緒端上去，我不能讓她冒這麼大的危險；可是萬一由其他人送餐，相原恐怕真的會動手殺害奶奶。

「小淳哥哥。」奈緒先是輕輕叫我一聲，然後用力握了一下北斗的手隨即放開，站了起來。「沒關係，我辦得到，沒問題的。」

「奈緒……」

我小心翼翼地壓低聲音不讓樓上聽見，喚了她的名字。奈緒毅然走向收銀檯，伸手拿下掛在牆上的長袖連身圍裙罩在身上，接著也把白色的三角巾綁在頭上。

「我來這裡幫忙過好多次了，客人即使看到我在外場端水送飯，也不會覺得稀奇。」

奈緒表面上笑得開心，其實我知道她的手在發抖。

「可是……」

權學長也想勸阻。

「不必擔心嘛，我知道這種情形最好不要刺激犯人，並且應該按照犯人的話去做，對不對？別擔心，萬一發生什麼狀況，我會大叫大鬧，然後小淳哥哥就會來救我了，對不對？因為小淳哥哥是正義使者！」

奈緒刻意擠出笑容。我不由得攥緊拳頭，恨透了自己的無能為力。

「這還用說嗎！」

「小淳學長……」

北斗從座位站了起來。

我以為他要阻止自己的未婚妻冒這種風險。只見他湊近我，同樣低聲說：

「您知道他們兩人進了二樓的哪個房間嗎？這棟屋子的二樓有三扇窗戶，對吧？」

北斗的神情非常嚴肅。

「我想應該是面向仲街那扇窗戶的房間。那裡目前沒人住，當成客房。」

「好的。」北斗輕輕點頭，思索了一下。「小淳學長，我留在這裡也幫不上忙。那個犯人只說了不准您們二位離開，但並未指示我必須留下。我先回店裡一趟做些準備工作，等一下可以派上用場。」

派上用場？他要做什麼準備工作呢？

北斗旋即一個箭步衝向奈緒，將她一把緊緊抱進懷裡。

「別怕，我一定會保護妳，救妳出來！」

「嗯！」

奈緒也用力點頭，眼中泛著淚光。

「小淳學長，準備好了以後會傳訊通知。」

說完，北斗提防著不讓樓上察覺動靜，躡手躡腳地走出店外。權學長目送他離去，說道：

「準備工作？那個年輕人打算做什麼？萬一弄巧成拙……」

「我想，應該沒問題。」

我不知道北斗想做什麼，但相信他一定能幫上忙。正想著，我的手機收到了一則訊息，不禁心想北斗的動作怎麼這麼快，結果不是他傳的。

我頗為訝異地發現，居然是聖伯？

我不曾和聖伯交換過手機郵件帳號。更何況聖伯究竟有沒有手機，恐怕都得打上問號。

（我和亞彌在食堂外面聽到了事情的經過，不會洩漏出去。我們目前在白銀家待命，有任何需要隨時聯繫。）

原來是向克己問了我的帳號。

「小淳。」爺爺手裡握著炒菜鍋。「等事情解決以後再一五一十告訴你。我現在得做菜，好把你奶奶給救出來。為了不讓客人發現，我只能悶著頭拚命做菜。對不起，奶奶交給你了。還有權藤先生……」爺爺深深地鞠躬。「實在萬分抱歉，給您添了大麻煩。內人就拜託您了。」

語畢，廚房裡的爺爺點燃了瓦斯爐，接著傳來熱油下鍋的嘩嘩聲響。權學長堅定地點頭允諾。

「路人和顧客瞧我們兩個杵在門口一定覺得奇怪，去那邊坐吧！」

權學長示意我們移動到裡屋的客廳，我也點頭同意。坐在食堂的桌席不方便商量對策，況且客廳更靠近樓梯口，比較容易監測二樓的情況、聲音和動靜。

「奈緒……」

「沒問題！」奈緒雙手握拳，擺出奮鬥姿勢為自己打氣。「不過，今天的午餐要由小淳哥哥請客喔！」

「想吃什麼盡量點！」

真佩服表妹竟有這麼大的勇氣，眼眶忽地一熱。

我和權學長坐在客廳的矮桌前，並且做好隨時衝出去的準備。我將客廳與食堂之間的隔間玻璃門關至僅留下一道縫隙，以免被用餐的顧客看到我們兩人。爺爺正忙著烹煮餐食。

「應該用不著我提醒，」權學長湊向我，低聲提醒，「原本應當趕緊通知局裡派員支援，可若是大批警力部署於這棟屋子的周邊，他一定會立刻發現。要不要請求『隱行』？」

「隱行」亦即隱密行動，這是我們局裡的暗語，意思是發生這樣的挾持人質事件時，支援警力喬裝成其他身分的民眾在建物的外圍警戒，並且伺機潛入。

「可是相原應該知道這種警力部署的方式吧？他對這方面似乎很清楚。」

權學長點了頭。

「很遺憾，這傢伙非常敏感。所以我不贊成請求警力支援。況且不覺得可疑嗎？這傢伙居然還有閒情逸致吃飯？雖然揚言要殺害梅奶奶，但我不認為他會立刻採取如此極端的行動。我覺得當前的最佳對策是我們兩個暫時靜觀其變。」

「我也這麼認為。」

從相原沉著的態度看來，想必是專程來找爺爺的。在他尚未達成目的之前，應該不會對奶奶動手。

食堂那邊傳來喀啦喀啦的推門而入的聲響，然後是奈緒的那聲「歡迎光臨！」

我聽到了點餐聲，進來的人應該是常客。接著是奈緒端水上桌的走步聲。這時，忽然有個人走向客廳，玻璃門前漸漸映出一道人影。我不知道是誰來了，當下不假思索地起身預備反擊。玻璃門被緩緩地又拉開一些，來者出現在我們的面前。

亞彌。

她一臉正色，不發一語，豎起食指抵在嘴脣中央，保持緘默地從玻璃門的縫隙間伸進手來，擱下幾件東西。

我和權學長交換了眼色。她擱下的東西是一張字條，還有……這些是什麼？

耳機？

還有無線電收信器。我打開字條一看：

「**這是北斗託我送來的設備，請先準備就緒，等一下他會傳訊息過來。我留在這裡幫忙端菜。**」

「歡迎光臨——」

亞彌和奈緒的聲音同時響遍了食堂。可以聽到幾位客人走了進來。

「太陽打西邊出來嘍，怎麼奈緒小姐和亞彌小姐都出動了呢？」

「梅奶奶臨時有事外出，所以中午暫時由我們為各位服務。偶爾換成年輕女孩端水送菜也不錯吧？」

亞彌笑著回應。

幾位常客紛紛開起玩笑來，有人對亞彌說：年輕是年輕，可惜已經嫁人嘍；有人向奈緒說：怎麼不回去自家的餐館幫忙哩？而亞彌和奈緒也和他們說說笑笑的。

沒問題了。如此熱絡的氣氛，表示客人沒有察覺當下的狀況，而二樓的相原也不會起疑。爺爺煮菜的聲音愈發響亮。

權學長緩緩搖了搖頭。

「那位叫做亞彌的小姐，真有膽識。」

「是啊。」

不愧是聖伯的掌上明珠。

「事情落幕以後，我得請他們幾位大吃一頓。」

「應該的。」

北斗的訊息來了。我們兩人趕緊點開手機螢幕。

「收信器送到了嗎？我和克己一起在仲街對面那家正木屋的屋頂。從這裡可以看到赤坂食堂二樓房間的窗戶。請放心，那邊的人看不到我們。我架了一支高性能的收音麥克風對著那扇窗戶，剛好窗子沒有完全關緊，所以應該可以收得到音。我們在這裡待命。」

不到片刻，克己也傳了訊息過來。

「如果情況危急，只要三秒鐘，我就能從這裡躍過仲街破窗而入，飛撲到房裡。隨時待命，聽從小淳學長的判斷與指令。」

我非常吃驚，看向權學長。

「這些年輕人真厲害！」

權學長同樣難掩訝異。電器行或許會有那些設備，可是他們竟然懂得情報蒐集和攻堅小組的待命，簡直和警視廳的特種奇襲部隊幾乎沒有兩樣。我急忙將耳機塞進耳朵裡，啟動了收信器的開關。

聽到聲音了。

微微的風聲，以及鳥語。

咔嚓，這是廉價打火機的點火聲。可能是相原點燃了一支菸。

（沒有菸灰缸嗎？）

（在孫子的房間。我可以去拿過來嗎？）

（對面那個房間？我去拿。妳待在原地不許動！）

聲音清晰可辨，真感謝北斗的費心。權學長也點頭稱許。

「薑絲肉片特大套餐，上桌！」

是爺爺的嗓門。

「來囉——」

奈緒回話。接著，客廳的玻璃門發出一陣細微的推門聲。我和權學長隱身在客人看不見的死角。

奈緒朝我們微微舉起托盤，向我們輕輕點頭，隨即躡腳爬上樓梯。我和權學長已經擺好姿勢，準備隨時衝上去。

（喔！）

是相原的聲音。

（送來啦？）

我的耳朵同時聽到從耳機傳入，以及直接傳到樓下的說話聲。

「讓您久等了。」

是奈緒的聲音。這句話北斗一定也同步聽到了，想必心亂如麻。真的很感謝他的忍讓。

（擺在那裡就好。）

放下托盤的聲音。

（妳住附近？）

相原向奈緒搭話。這傢伙果然氣定神閒。

（是的。）

（哦——）

耳機傳來相原的聲音。

（沒妳的事了，下樓去吧。看要吃飯，還是回家都行。不過，要是敢報警或是大聲嚷嚷，這位奶奶可就沒命嘍！）

（我知道。）

接著是奈緒離開房間的聲響。我和權學長互看一眼，鬆了口氣。原先已經準備好了，只要嗅到一絲不對勁，便會立刻衝上樓解救，幸虧奈緒平安無事。一見她走下樓，我們兩人迎上前去。

「梅奶奶很好。」

奈緒小聲說話，聲音略微顫抖，可見有多麼害怕。

「謝謝，妳趕快回家吧。」

「沒關係，就算回去也放心不下，還是留在這裡幫忙送菜。」

她輕輕點頭，回到食堂的外場。

「赤坂，我無意抄襲剛才那兩位年輕人的戰術，但是依你評估，有辦法爬上這裡的屋頂，再跳進房間裡嗎？」

權學長問道。其實，我也不是沒有考慮過這個方法。

「爬上去不會太困難，問題在於沿著屋頂抵達窗邊的過程中發出的聲響會被他聽見。」

這座爺爺的城堡——赤坂食堂已是屋齡數十年、破舊不堪的老房子了。一個成年人爬到屋頂上，必定會發出乒乒乓乓的龐然噪音。

（我說……）

耳機傳來奶奶的聲音。

（以前大家是不是都稱你『武藏』呢？）

武藏？

呲溜呲溜地喝東西的聲響。可能是相原正在喝味噌湯，暫時沒有回答。

（妳還記得？）

語調顯然不若早前那般激動了。

（我方才想起來的。手腕上那三顆痣，使你擁有『三星之武藏』的稱號。）

相原一副自嘲的口吻。

（哼，這稱號和赤坂大爺的『騰龍之辰』比起來，根本不值一提。）

我望向權學長，他點頭確認了。

「那傢伙的手腕上確實有非常明顯的三顆痣，不過我不曉得他有那個渾名。」

這麼說，那個稱號是很久以前用的。由此可證，相原和爺爺是多年前認識的，而且在當時同為江湖中人。

（話說回來，妳不愧是『騰龍之辰』的老婆。都被刀架在脖子上了，既不驚慌也不害怕。也就是說，雖然變成老太婆了，但是『不凋之梅』的英氣可沒有消失。）

「不凋之梅」？

（都多少年前的往事了，甭提了。）

有那麼一剎那，我還以為是別人的聲音，停了一拍才確定是奶奶說的。那聲音格外低沉而冷靜。

我再一次與權學長面面相覷。

「你聽過這個外號？」

「從沒聽過。」

作夢都沒有想過，居然連奶奶都有江湖稱號！不過，既然奶奶有勇氣和那樣的爺爺結婚，自己本身同為擁有稱號的江湖之人，似乎也沒什麼好奇怪的了。

（哇，這老太婆還真嚇人哩！一提起當年的稱號，頓時變了個人似的。）

（然後呢？）

相原大概是一邊吃薑絲肉片套餐一邊講話，有時候聲音含糊不清，有時候講到一半又停頓很久。

（什麼然後不然後的？）

（敢問這位『三星之武藏』先生，為何過了三、四十年才來掀起這場風波呢？如你所見，這裡只是一家商店街上的小食堂，『騰龍之辰』早在多年以前已經死了。本店小本經營，我們可拿不出錢給你。）

對話又中斷了。相原若不是根本沒把奶奶的話當一回事而繼續吃他的套餐，否則就是正在思索接下來該怎麼回答。

（可是我需要錢啊！不小心幹了點蠢事，需要逃亡資金，不知不覺就跑到這個鎮上了。到了這地方忽然想起了老辰就在這裡，於是來討回過去欠我的那筆帳。）

（我可沒聽說過他欠了你什麼帳。況且外子金盆洗手的時候，你根本還是個穿開襠褲的小混混！）

奶奶的口吻跟平常說話的語氣完全不一樣。聽起來還以為是黑道電影裡的大姊頭在撂話。

又是一陣沉默。也許是相原再扒了一口飯。

「有啦！我說有就是有！」

總而言之，至少明白了相原現身此地的理由。既然如此，在尚未拿到他要的東西之前，不會殺了奶奶。更何況相原正在吃爺爺做的美味套餐，還是特大號的。

人，只要填飽了肚子就會感到滿足。我從過去參與的案件中領略了這一點，並且適用於任何情況下的作案人。這樣看來，只要我們不輕舉妄動，他應該不至於暴怒發飆吧。

（老辰要金盆洗手的時候惹出的那樁麻煩，妳大概不曉得吧？）

相原又開口說話了，我仔細聆聽。

（的確不知細節。我和外子是在那件事之後不久才認識的。）

我很好奇這時的奶奶說話時臉上是什麼樣的表情。實在跟平常的奶奶差異太大了。不過，從這段對話中，倒是又知道了一點，那就是奶奶是在爺爺脫離幫派以後才認識的。

（我可不是來討人情的。多虧我帶來新伙伴遞補空缺，老辰才得以僅僅用一根指頭的代價離開幫裡。老辰那時的確這樣告訴過我：『我恐怕欠了你一條人情。』這句話我可是親耳聽得清清楚楚的。）

我可以聽見奶奶的嘆氣聲。

（也罷。等午飯時間過後就有空了，到時候再慢慢談吧。）

（自然得談個一清二楚！）

好，整件事已經釐清了。我和權學長互看一眼，同時點頭。

「也許那個時候是個好機會！」

權學長低聲說。

「我也覺得。」

到時候，不是爺爺上二樓，就是相原到一樓。總之其中一方必須移動。而那一刻，正是救出奶奶的最佳時機，也是唯一的時機。

「咦？」

某種聲響倏然傳入耳裡。

屋頂？

「那是什麼？」

權學長囁囁說道。幾乎在同一時間，那個聲響也從耳機傳了過來。

（那是啥鬼玩意？）

是相原的聲音。

還有一個非常、非常小的叫聲。

是小貓的叫聲嗎？

「小貓？」

有人在屋瓦上的走步聲。

緊接著是猛然拉開窗戶的聲響。

（幹什麼！）

相原的聲音同時從耳機與樓上傳到耳中。

（喔，對不起，因為小貓咪……）

這個聲音是……

三毛小姐！

我和權學長交換了眼神。

（因為小貓咪爬上屋頂，可是不敢爬下來。梅奶奶對不起，請讓我進來一下。）

三毛小姐開朗的聲音。

為什麼這時候她會出現在這裡呢？

正當我猶豫著到底該不該和權學長一起衝上二樓，還是應當留在這裡繼續觀察，就在下一秒。

二樓傳來某種東西倒下的聲響。

砰的一聲，屋子一陣震動。我敢肯定正在店裡吃飯的那些客人紛紛抬頭看著天花板，還有人會問是不是什麼東西倒下來了，而亞彌和奈緒會找個藉口搪塞過去。

可是，那個聲響究竟是……。

我三步併作兩步奔上二樓，權學長也緊跟在後。我猛然推開房間拉門飛撲進去，映入眼中的景象卻是倒臥在地上的相原。

而且閉著眼睛。

「他……」

昏過去了？

奶奶在房間的另一側正身跪坐。見到我來，嘴角微微上揚，眼睛眨了又眨。

「奶奶！」

「我沒事，不必擔心。別大聲嚷嚷，要是被客人聽見了可就不好。」

我點頭答應。權學長正在檢查相原的狀態。

「這傢伙暈倒啦！」

「暈倒？」

窗子大敞，可以望見對面屋頂上的北斗和克己的頭。我從窗口探出頭，循著北斗指的方向望去，恰巧瞥見三毛小姐那雙修長的腿在屋頂的遠處一閃而過，隨即進了屋裡。

我聽到小貓的叫聲。

「到底發生什麼事了？」

權學長向奶奶的詢問聲吸引我回過頭來，只見奶奶笑咪咪的。

「三毛小姐呀，是來救一隻小貓的。」

「小貓？」

「牠爬到屋簷上，卻不敢下來，所以三毛小姐沿著屋頂走過來救牠。不巧被相原發現了，便抓住三毛小姐的手臂想把她從窗外拉進房裡面，結果用力一拉，就這麼把她拉進來了。」

拉進來了……。

「拉進來以後，又為什麼會變成這樣呢？」

奶奶輕輕點頭。

「三毛小姐的身子輕飄飄的。相原拉人的力氣太大，使勁一扯，她簡直是飛進來似地，身子轉了一圈，結果腳跟就這麼不偏不倚地踢中了相原的後腦杓。」

「後腦杓……」

中了她的腳跟踢擊技法。

「就這樣，相原一下子就躺下嘍。」

躺下了……。

「三毛小姐自己也嚇了一跳，可是眼看著小貓咪就要跌下去了，我趕緊說我沒事，讓她快去救貓，所以她才從窗子離開了。我想，待會兒三毛小姐一定會回來這裡的。」

事態居然出現了這樣的轉折！

我看到屋頂上的北斗正在朝我揮手，並以手勢示意樓下見，便點頭表示知道了。他們等一下就會回到食堂裡了。這時，又聽見有人爬上樓梯的腳步聲，於是到走廊探看，恰與面色凝重的亞彌對上了視線。

「沒事了，事情已經解決，沒有問題了。」

亞彌這才綻開笑容，放鬆了緊繃的神經。

「那麼，可以恢復正常營業了吧？」

「嗯，不好意思。我馬上就下去，麻煩妳先告訴爺爺一聲，還有奈緒。」

「好。」

亞彌才下樓，有個熟悉的「鏗鏘」聲響隨即從背後傳來。是上手銬的聲音。

權學長給趴在地上的相原上了手銬。

「來個復甦術吧！」

「好的。」

權學長扶起相原，自己在他背後調整好位置，開始施行幫助受到武術攻擊而昏厥的人甦醒過來的技法。

「喝！」

權學長抓住相原的雙肩，將膝蓋頂在他的背上，兩手往後用力一扳，幫他開肩擴胸。只見相原身體抖了一下，接著睜開了眼睛。

「醒過來啦？」

一臉茫然的相原不明白發生什麼事了，直到轉頭一看，這才發覺自己被上了手銬。

「小老闆，該講的還是得講一下。」

我點頭，看了手錶。

「相原，下午十二點二十七分以觸犯非法侵入住宅罪與恐嚇罪的現行犯逮捕。」

其他觸法行為，留待日後再逐一追究。相原沒有掙扎大鬧，只沮喪地癱坐在榻榻米上。

「權藤先生。」

奶奶開口了。

「您請說。」

「不好意思，可不可以稍待一下再帶走他呢？」

權學長面露不解。

「稍待一下？」

「我想讓他和外子說幾句話。」

和爺爺說幾句話……。

「再過一會兒店裡就不忙了，我想外子應該會上來二樓，可以麻煩您等到那個時候嗎？」

權學長看向我。

「呃，沒差吧？」

「我也覺得。」

我們還沒回報局裡嫌犯已經緝捕歸案了，稍微延遲一些時間押解回去應該無所謂。只是對那些還在到處搜索的鄰鎮同僚感到抱歉就是了。

「既然梅太太開口了，我這邊不礙事。」

奶奶欣然笑著點頭。

「那麼，我下去忙生意了，這裡就麻煩兩位嘍。」

奶奶俐落地起身，迅速下了樓梯。我還以為奶奶會嚇得兩腿發軟呢。

「就這樣啦。」權學長解開領帶。「相原，你聽見了吧？可得好好感激人家的以德報怨。為求保險起見，還是綁住腳踝，免得你伺機逃走。」

說著，他用領帶捆住了相原的腳踝。相原嘆了一聲。

「我說，權藤刑警啊……」

「幹嘛？」

「我不會鬧也不會跑，可以勞駕你把盤子上最後那一片薑絲肉片挾給我吃嗎？我特地留到最後一口的。」

權學長聳聳肩。

「讓我餵男人吃飯？光想就渾身雞皮疙瘩。算了，嘴巴張開。」

權學長拿筷子挾起薑絲肉片，送進相原的嘴裡。

「話說回來……」權學長苦笑著說道，「我來這裡吃飯三年了。本來就覺得辰伯肯定是一號人物，而梅太太也絕非泛泛之輩，沒想到竟然大大超乎我的猜測！」

「說得也是。」

若說是推測也可以，其實在某種程度上，我已經猜到或許是這麼回事。畢竟奶奶與有過那種經歷的爺爺結婚了。而且我也聽爸媽說過奶奶年輕時豪氣干雲的作風。

「還有一件事。」權學長望向窗外。「那個小姐又出現了。」

三毛小姐。

「是巧合嗎？」

會是巧合嗎？

我央託權學長監視相原，自己回到一樓看看情況。爺爺依然在忙著烹煮，奶奶則將做好的飯菜端給客人。桌席坐著幾名常客。至於北斗和奈緒，以及克己、亞彌和聖伯都已經落座，等候爺爺的佳餚上桌。

我以眼神和他們一一打過招呼，示意詳情留待稍後再敘。

「奶奶。」

「什麼事？」

「大家的午餐由我買單。」

說完，奶奶開心地笑了。

「那當然！另外，還有件事。」

「嗯？」

奶奶小聲告訴我：

「剛才三毛小姐來過了，說在立花莊的住處等你。」

在住處等我？

我向權學長報告自己暫時離開一下，去聽三毛小姐說明剛才的情況，然後到後門趿上拖鞋，走到仲街，立花莊近在眼前。

想想，好久不曾進來這棟公寓了。我推開古典的對開式玄關大門，脫下拖鞋放進鞋櫃裡，踩著嘎吱作響的階梯上了二樓的三毛小姐房間。

敲敲門，房門隨即打開。

「三毛小姐。」

一如往常的三毛小姐，牛仔褲搭白襯衫。她露出燦然的笑容，說句請進。

「對不起，剛才嚇到妳了。」

「請別這麼說，是我不好意思。」

就結果而論，多虧她拯救了奶奶，再多道謝的言語也不足以表達我內心感激的萬分之一。三毛小姐謙稱自己沒幫上什麼忙，邊說邊端了杯咖啡給我。看來是算準時間沖好了等我來的。

「不過……」三毛小姐微笑著說，「小淳先生大概覺得奇怪吧？我本來說的是三點過後才回到家裡，結果剛剛就出現了。」

我確實有些訝異。但人家只是行程臨時異動因而得以提早回家，實在找不出什麼疑點。

唯一不解的是，三毛小姐又出現在案件現場了。

並且是權學長參與辦案的現場。她這次甚至是親自來到案發現場。

「這又是巧合嗎？」

問完，三毛小姐側了側頭，淺淺一笑。

「老實說，我也希望這只是巧合。」

「嗯。」

三毛小姐的表情比剛才嚴肅了些。

「我有些話想告訴小淳先生，包括以後的事。」

以後的事。這句話頗有深意，我決定往好的方面想。也就是說，未來她還有很多事想和我分享。這表示目前雖然有祕密，但她不願意一直瞞著我。

「我現在告訴你的事，應該不會讓任何人知道吧？」

「那當然！」

我用力點了頭。如果三毛小姐希望我保密⋯⋯。即使她覺得不保密也無所謂，我畢竟是刑警，絕對會嚴守祕密。

「其實，權藤先生病了。」

「什麼？」

生病？

「但不是會立刻危及性命的重症，但是肝臟和胰臟都出現了狀況，問題出在他平時不注重健康。現在醫師也建議他戒酒了。然而，權藤先生還是埋頭工作，連回診都很少去。他的家人很擔心。」

家人。對，權學長的家人是前妻和女兒，雖然離婚之後不住在一起了。記得他之前好像抱怨過說自己很想女兒，但女兒不肯見他。

「權藤先生的千金，繪畫天分很高。」

「繪畫？」

三毛小姐露出欣慰的微笑。這意思是，三毛小姐認識權學長的女兒嗎？莫非三毛小姐就是教畫的老師嗎？

「我，」不待我發問，三毛小姐繼續往下說，「接下她們的委託，成為『看守人』，萬一權藤先生有任何突發狀況，我會立刻通知他的家人。而這份工作也是我的收入來源之一。」

看守人。

「在英國，這種職業被稱為『守望者』。可以想成是一種類似於偵探的行業。」

英國？偵探？

「權藤先生這件委託案，我在執行任務時刻意讓自己比較顯眼，原因是日後想找個恰當的時機向權藤先生轉達家人的關懷，讓他知道女兒很擔心他。」

「這麼說，三毛小姐屢屢出現在權學長的辦案現場，是這個原因？」

「就是這個原因。」

看守人，守望者。原來世上還有這樣的職業，像是偵探，卻又不是偵探。難怪北斗覺得她在跟蹤某一個人，這下子總算真相大白了。

「為什麼會從事這個行業呢？噢，我的意思是，想從事這一行，必須具備相當特殊的能力吧？」

以前曾經和權學長討論過這個話題，跟蹤絕不是一件輕鬆的任務。三毛小姐點點頭。

「我說過，自己從小舉目無親吧？」

「嗯。」

「我在很小的時候遇到了一個人，但是不能透露他的職業。他能夠藏身在任何地方、能夠帶出任何東西、能夠藏匿任何東西，然而誰也無法掌握他的真面目，因為他甚至有辦法在眾目睽睽之下，以迅雷不及掩耳之勢銷聲匿跡。某一天我湊巧，真的是湊巧，目睹了他工作的過程。」

也就是說……。

「那是偷竊吧？」

三毛小姐微笑著輕輕搖了頭。

「不告訴你。當時的我還是個小孩子，觀看整個過程時心頭怦怦跳個不停，簡直像是遇到了英雄似地衝到了那個人的面前。其實那時候我離家出走了。」

三毛小姐補充，那個時候應該是還沒上小學吧。沒想到她那麼小就知道什麼叫做離家出走。

「我逃出孤兒院，一直躲在某個地方。那個人壓根沒想過深夜時分在那個地方居然躲著一個小孩子。我表明自己是孤兒，央求他帶我走。可是，那個人只和藹地笑著說道，『假如妳可以幫我守住這個祕密，我就收妳為徒』。」

「收為徒弟？」

這麼說，三毛小姐是……。

「我向他學習了各種知識與技能，所以能夠暗中守望某個人，也可以潛入任何場所，找到一切需要的訊息或物件，並且毫髮無傷地全身而退。」

三毛小姐敘述這段經歷時，臉上始終帶著笑容，兩眼直視著我。我明白那是一雙對我深信不疑的眼眸。

我是刑警。三毛小姐目前從事的或許可以稱為一種職業，然而某些情況之下恐怕仍會違反法律規定。三毛小姐將包括這一點在內的諸多祕密，毫不保留地說出來了。她把所有的一切全都告訴了我。

「嗯。」我懂了。「簡單來講，三毛小姐果真是一隻貓。」

兩人相視而笑。

「好像是哦。」

「任何地方都進得去，不知不覺間出現，不知不覺間消失。」

三毛小姐緩緩地點了頭。

「不過，我不會從小淳先生的面前突然消失。」

我也由衷盼望她永遠不會消失。

「腳跟踢擊技法也是妳的強項之一嗎？」

我終究忍不住問了。那應該也不是巧合吧。三毛小姐淺淺一笑，側了側頭。

「就當作是巧合嘍。」

爺爺和相原單獨談話，連權學長和我也沒有陪在一旁，房裡只留下他們獨處。當然，我們還是在門外嚴加戒備。我們不知道兩人談了什麼事，爺爺走出房間時只說了一句「解決了」。

相原沒有反抗，老老實實地跟著我們回警局。帶走他的時候，爺爺和奶奶都為他求情，說是關於他挾持奶奶做人質一事就當作沒發生過。我和權學長商量後，決定答應了爺爺奶奶的請託。

經過一番研議，最後的定案是相原由於之前犯法而到處逃竄，來找多年前認識的爺爺，透過身為警察的我居中聯繫，出面投案。當然，包括聖伯、亞彌、克己、北斗和奈緒在內，全都同意了這樣的處理方式。大家都是口風緊的人，應該不會有問題。

權學長也笑著說：「你住的這條花開小路商店街還真是熱鬧愉快哩！」

至於三毛小姐的事，暫時對權學長保密。

等到事情終於處理完畢，我總算還來得及利用這個輪休日剩餘的時間和三毛小姐一起吃晚餐。她是在吃飯時請我過陣子再向權學長和盤托出。三毛小姐會盡快安排權學長和女兒見面，不過在這之前，必須先解開他和前妻之間的心結。

我和三毛小姐在立花莊的門前道別。回到家裡，奶奶還坐在客廳刺繡。

「回來了？要喝杯茶嗎？」

我在矮桌前坐了下來，奶奶為我新沏了一壺茶。

「奶奶，我問您。」

「怎麼了？」

「自從三毛小姐搬到這裡以後，奶奶似乎就很喜歡她。是不是覺得她很像年輕時的自己呢？」

今天發生的事，讓我這種感覺愈發強烈，忍不住向奶奶求證。奶奶側著頭，想了一下。

「我可比不上三毛小姐的標緻哪！」

說著，奶奶和往常一樣笑咪咪的。我問的不是這個意思啊。算了，不問了。

「我說，小淳哪……」

「什麼事？」

「你嘴脣上有被貓咪撓過的痕跡唷！」

「什麼？」

我伸手一摸，手指沾上了些許紅紅的顏色……糟糕！奶奶瞧我一臉難為情，笑得更開心了。

PLP0071

花開小路一丁目的刑警

作　者—小路幸也
譯　者—吳季倫
編　輯—黃煜智
校　對—魏秋綢
行銷企劃—王小樨
插　畫—上杉忠弘
封面設計—莊謹銘
內頁排版—綠貝殼資訊有限公司

編輯總監—蘇清霖
董事長—趙政岷
出版者—時報文化出版企業股份有限公司
10803 台北市和平西路三段二四〇號七樓
發行專線—（〇二）二三〇六六八四二
讀者服務專線—〇八〇〇二三一七〇五
（〇二）二三〇四七一〇三
讀者服務傳真—（〇二）二三〇四六八五八
郵撥—一九三四四七二四時報文化出版公司
信箱—一〇八九九台北華江橋郵局第九十九信箱
時報悅讀網—http://www.readingtimes.com.tw
思潮線臉書—https://www.facebook.com/trendage
法律顧問—理律法律事務所　陳長文律師、李念祖律師
印　刷—盈昌印刷有限公司
初　刷—二〇二〇年二月
定　價—新台幣三六〇元

時報文化出版公司成立於一九七五年，
並於一九九九年股票上櫃公開發行，於二〇〇八年脫離中時集團非屬旺中，
以「尊重智慧與創意的文化事業」為信念。

花開小路一丁目的刑警／小路幸也著；吳季倫譯. --
初版. -- 臺北市：時報文化，2020.02
304面；14.8×21公分
譯自：花咲小路一丁目の刑事

ISBN 978-957-13-8073-5（平裝）

861.57　　108023346

HANASAKI-KOJI ICCHOME NO KEIJI

Originally published in Japan in 2013 by POPLAR Publishing Co., Ltd. Tokyo.
And revised edition published in 2015 by POPLAR Publishing Co., Ltd.
Chinese (in complex character only) translation rights arranged with
POPLAR Publishing Co., Ltd.
through Bardon-Chinese Media Agency, Taipei.

ISBN 978-957-13-8073-5
Printed in Taiwan